苏洵集

书香口袋丛书

SHUXIANG KOUDAI CONGSHU

王燕 编

吉林文史出版社

书香口袋丛书

苏洵集

王燕 编

吉林文史出版社

图书在版编目(CIP)数据
苏洵集/王燕编．-- 长春：吉林文史出版社，2024. 9. --(书香口袋丛书). -- ISBN 978-7-5752-0555-9
Ⅰ. I214.412
中国国家版本馆 CIP 数据核字第 2024HH1904 号

SU XUN JI
苏洵集 (书香口袋丛书)

出 版 人 / 张 强
编 者 / 王 燕
责任编辑 / 王 辰
出版发行 / 吉林文史出版社
地 址 / 长春市福祉大路5788号
邮 编 / 130117
印 刷 / 吉林省优视印务有限公司
开 本 / 50mm × 74mm 1/128
字 数 / 70千字
印 张 / 3
版 次 / 2024年9月第1版
印 次 / 2024年9月第1次印刷
书 号 / ISBN 978-7-5752-0555-9
定 价 / 10.00元

目　录

上文丞相书

昭文相公执事：天下之事，制之在始；始不可制，制之在末。是以君子慎始而无后忧；救之于其末，而其始不为无谋。失诸其始而邀诸其终，而天下无遗事。是故古者之制其始也，有百年之前而为之者也。盖周公营乎东周，数百年而待乎平王之东迁也。然及其收天下之士，而责其贤不肖之分，则未尝于其始焉而制其极。盖常举之于诸侯，考之于太学，引之于射宫，而试之以弓矢，如此其备矣！然而管叔、蔡叔，文王之子而武王、周公之弟也，生而与之居处，习知其性之所好恶，与夫居之于太学而习之于射宫者，宜愈详矣。然其不肖之实，卒不见于此时。及其出为诸侯监国，临大事而不克自定，然后败露，以见其不肖之才。且夫张弓而射之，一不失容，此不肖者或能焉，而圣人岂以为此足以尽人之才？盖将为此名以收天下之士，而后观其临事，而黜其不肖。故曰：始不可制，制之在末。于此有人，求金于沙，敛而扬之，惟其扬之也精，是以责金于扬，而敛则无择焉。不然，金与沙砾皆不录而已矣。故欲求尽天下之贤俊，莫若略其始；欲求责实于天下之官，莫若精其终。

今者天下之官，自相府而至于一县之丞尉，其为数实不可胜计。然而大数已定，余吏溢于官籍。大臣建议减任子、削进士，以求便天下。窃观古者之制，略于始而精于终，使贤者易进而不肖者易犯。夫易犯故易退，易进故贤者众。众贤进而不肖者易退，夫何患官冗！今也艰之于其始，窃恐夫贤者之难进，与夫不肖者之无以异也。方今进退天下士大夫之权，内则御史，外则转运，而士大夫之间絜然而无过可任以为吏者，其实无几。且相公何不以意推之？往年吴中复在犍为，一月而发二吏。中复去职，而吏之以罪免者，旷岁无有也。虽然，此特洵之所见耳，天下之大则又可知矣。国家法令甚严，洵从蜀来，见凡吏商者，皆不征；非追胥调发，皆得役天子之夫。是以知天下之吏犯法者甚众。从其犯而黜之，十年之后，将分职之不给。此其权在御史、转运，而御史、转运之权，实在相公，顾甚易为也。

今四方之士会于京师，口语籍籍，莫不为此。然皆莫肯一言于其上，诚以为近于私我也。洵，西蜀之人，方不见用于当世，幸又不复以科举为意，是以肆言于其间，而可以无嫌。伏惟相公慨然有忧天下之心，征伐四国，以安天子。毅然立

朝，以威制天下。名著功遂，文武并济。此其享功业之重，而居富贵之极，于其平生之所望，无复慊然者。惟其获天下之多士而与之皆乐乎此，可以复动其志。故遂以此告其左右，惟相公亮之！

上富丞相书

相公阁下：往年天子震怒，出逐宰相，选用旧臣堪付属以天下者，使在相府，与天下更始，而阁下之位实在第三。方是之时，天下咸喜相庆，以为阁下惟不为宰相也，故默默在此；方今困而后起，起而复为宰相，而又适值乎此时也，不为而何为？且吾君之意，待之如此其厚也，不为而何以副吾望？故咸曰："后有下令而异于他日者，必吾富公也。"朝夕而待之，跂首而望之。望望然而不获见也，戚戚然而疑。呜呼！其弗获闻也，必其远也；进而及于京师，亦无闻焉。不敢以疑，犹曰："天下之人如此其众也，数十年之间如此其变也，皆曰贤人焉。"或曰："彼其中则有说也，而天下之人则未始见也。"然而不能无忧。盖古之君子，爱其人也则忧其无成。

且尝闻之，古之君子，相是君也，与

是人也皆立于朝，则使吾皆知其为人皆善者也，而后无忧。且一人之身而欲擅天下之事，虽见信于当世，而同列之人一言而疑之，则事不可以成。今夫政出于他人而不惧，事不出于己而不忌，是二者，惟善人为能，然犹欲得其心焉。若夫众人，政出于他人而惧其害己，事不出于己而忌其成功，是以有不平之心生。夫或居于吾前，或立于吾后，而皆有不平之心焉，则身危。故君子之处于其间也，不使之不平于我也。周公立于明堂以听天下，而召公惑。何者？天下固惑乎大者也，召公犹未能信乎吾之此心也。周公定天

下，诛管、蔡，告召公以其志，以安其身，以及于成王。故凡安其身者，以安乎周也。召公之于周公，管、蔡之于周公，是二者亦皆有不平之心焉，以为周之天下，公将遂取之也。周公诛其不平而不可告语者，告其可以告语者而和其不平之心。然则，非其必不可以告语者，则君子未始不欲和其心。天下之人，从仕而至于卿大夫，宰相集处其上，相之所为，何虑而不成？不能忍其区区之小忿，以成其不平之衅，则害其大事。是以君子忍其小忿以容其小过，而杜其不平之心，然后当大事而听命焉。且吾之小忿，不足以易吾之大事也，故宁小容焉，使无芥蒂于其间。

古之君子与贤者并居而同乐，故其责之也详；不幸而与不肖者偶，不图其大而治其细，则阔远于事情而无益于当世。故天下无事而后可与争此，不然则否。昔者诸吕用事，陈平忧惧，计无所出。陆贾入见说之，使交欢周勃。陈平用其策，卒得绛侯入北军之助以灭诸吕。夫绛侯，木强之人也，非陈平致之而谁也？故贤人者致其不贤者，非夫不贤者之能致贤者也。曩者，陛下即位之初，寇莱公为相，惟其侧有小人不能诛，又不能与之无忿，故终以斥去。及范文正公在相府，又欲以岁月尽治天下事，失于急与不忍小忿，故群小人亦急逐之，一去遂不复用，以殁其身。

伏惟阁下以不世出之才，立于天子之下，百官之上，此其深谋远虑，必有所处，而天下之人犹未获见。洵，西蜀之人也，窃有志于今世，愿一见于堂上。伏惟阁下深思之，无忽！

上韩枢密书

太尉执事：洵著书无他长，及言兵事，论古今形势，至自比贾谊。所献《权书》，虽古人已往成败之迹，苟深晓其义，施之于今，无所不可。昨因请见，求进末议，太尉许诺，谨撰其说。言语朴

直，非有惊世绝俗之谈、甚高难行之论，太尉取其大纲，而无责其纤悉。

盖古者非用兵决胜之为难，而养兵不用之可畏。今夫水激之山，放之海，决之为沟塍，壅之为沼沚，是天下之人能之；委江河，注淮泗，汇为洪波，潴为大湖，万世而不溢者，自禹之后未之见也。夫兵者，聚天下不义之徒，授之以不仁之器，而教之以杀人之事。夫惟天下之未安，盗贼之未殄，然后有以施其不义之心，用其不仁之器，而试其杀人之事。当是之时，勇者无余力，智者无余谋，巧者无余技，故其不义之心变而为忠，不仁之器加之于不仁，而杀人之事施之于当杀。及夫天下既平，盗贼既殄，不义之徒聚而不散，勇者有余力则思以为乱，智者有余谋则思以为奸，巧者有余技则思以为诈，于是天下之患杂然出矣。盖虎豹终日而不杀，则跳踉大叫，以发其怒；蝮蝎终日而不螫，则噬啮草木，以致其毒。其理固然，无足怪者。昔者刘、项奋臂于草莽之间，秦、楚无赖子弟千百为辈，争起而应者，不可胜数。转斗五六年，天下厌兵，项籍死，而高祖亦已老矣。方是时，分王诸将，改定律令，与天下休息。而韩信、黥布之徒，相继而起者七国，高祖死于介胄之间而莫能止也。连延及于吕氏之祸，讫孝文而后定。是何起之易而收之难也！刘、项之势，初若决河，顺流而下，诚有可喜。及其崩溃四出，放乎数百里之间，拱手而莫能救也。呜呼！不有圣人，何以善其后？

太祖、太宗，躬

擐甲胄，跋履险阻，以斩刈四方之蓬蒿。用兵数十年，谋臣猛将满天下，一旦卷甲而休之，传四世而天下无变。此何术也？荆楚、九江之地不分于诸将，而韩信、黥布之徒无以启其心也。虽然，天下无变而兵久不用，则其不义之心，蓄而无所发，饱食优游，求

逞于良民。观其平居无事，出怨言以邀其上。一日有急，是非人得千金，不可使也。往年诏天下缮完城池，西川之事，洵实亲见。凡郡县之富民，举而籍其名，得钱数百万，以为酒食馈饷之费。杵声未绝，城辄随坏，如此者数年而后定。卒事，官吏相贺，卒徒相矜，若战胜凯旋而待赏者。比来京师，游阡陌间，其曹往往偶语，无所讳忌。闻之土人，方春时，尤不忍闻。盖时五六月矣，会京师忧大水，锄耰畚筑，列于两河之壖，县官日费千万，传呼劳问之声不绝者数十里，犹且睊睊狼顾，莫肯效用。且夫内之如京

师之所闻，外之如西川之所亲见，天下之势，今何如也？

御将者，天子之事也；御兵者，将之职也。天子者，养尊而处优，树恩而收名，与天下为喜乐者也，故其道不可以御兵；人臣执法而不求情，尽心而不求名，出死力以捍社稷，使天下之心系于一人，而己不与焉。故御兵者，人臣之事，不可以累天子也。今之所患，大臣好名而惧谤。好名则多树私恩，惧谤则执法不坚。是以天下之兵豪纵至此，而莫之或制也。顷者狄公在枢府，号为宽厚爱人，狎昵士卒，得其欢心。而太尉适承其后。彼狄公者，知御外之术，而不知治内之道，此边将材也。古者兵在外，爱将军而忘天子；在内，爱天子而忘将军。爱将军所以战，爱天子所以守。狄公以其御外之心而施诸其内，太尉不反其道，而何以为治？或者以为兵久骄不治，一旦绳以法，恐因以生乱。昔者郭子仪去河南，李光弼实代之。将至之日，张用济斩于辕门，三军股栗。夫以临淮之悍，而代汾阳之长者，三军之士，竦然如赤子之脱慈母之怀而立乎严师之侧，何乱之敢生？且夫天子者，天下之父母也；将相者，天下之师也。师虽严，赤子不以怨其父母；将相虽厉，天下不以咎其君：其势然也。天子者，可以生人、杀人，故天下望其生；及其杀之也，天下曰：是天子杀之。故天子不可以多杀。人臣奉天子之法，虽多杀，天下无以归怨。此先王所以威怀天下之术也。伏惟太尉思天下所以长久之道，而无幸一时之名；尽至公之心，而无恤三军之多言。夫天子推深仁以结其心，太尉厉威武以振其堕。彼其思天子之深仁，则畏而不至于怨；思太尉之威武，则爱而不至于骄。君臣之体顺，而畏爱之道立，非太尉吾谁望邪？不宣。洵再拜。

上田枢密书

天之所以与我者，夫岂偶然哉？尧不得以与丹朱，舜不得以与商均，而瞽叟不得夺诸舜。发于其心，出于其言，见于其事，确乎其不可易也。圣人不得以与人，父不得夺诸其子，于此见天之所以与我者不偶然也。夫其所以与我者，必有以用我也。我知之，不得行之，不以告人，天固用之，我实置之，其名曰弃天；自卑以求幸其言，自小以求用其道，天之所以与我者何如，而我如此也，其名曰亵天。弃天，我之罪也；亵天，亦我之罪也；不弃不亵，而人不我用，非我之罪也，其名曰逆天。然则弃天、亵天者，其责在我；逆天者，其责在人。在我者，吾将尽吾力之所能为者，以塞夫天之所以与我之意，而求免乎天下后世之讥。在人者，吾何知焉？吾求免夫一身之责之不暇，而暇为人忧乎哉？孔子、孟轲之不遇，老于道途而不倦不愠、不怍不沮者，夫固知夫责之所在也。卫灵、鲁哀、齐宣、梁惠之徒之不足相与以有为也，我亦知之矣，抑将尽吾心焉耳。吾心之不尽，吾恐天下后世无以责夫卫灵、鲁哀、齐宣、梁惠之徒，而彼亦将有以辞其责也。然则孔子、孟轲之目将不瞑于地下矣。夫圣人、贤人之用心也固如此：如此而生，如此而死，如此而贫贱，如此而富贵，升而为天，沉而为渊，流而为川，止而为山，彼不预吾事，吾事毕矣。窃怪夫后之贤者之不能自处其身也，饥寒穷困之不胜而号于人。呜呼！使吾诚死于饥寒穷困邪，则天下后世之责将必有在，彼其身之责不自任以为忧，而我取而加之吾身，不已过乎？

今洵之不肖，何敢以自列于圣贤？然其心亦有所不甚自轻者。何则？天下之学者，孰不欲一蹴而造圣人之域？然及其不成也，求一言之几乎道而不可得也。千金之子，可以贫人，可以富人，非天之所与，虽以贫人富人之权，求一言之几乎道，不可得也；天子之宰相，可以生人，可以杀人，非天之所与，虽以生人杀人之权，求一言之几乎道，不可得也。今洵用力于圣人、贤人之术，亦已久矣。其言语、其文章，虽不识其果可以有用于今而传于后与否，独怪其得之之不劳。方其致思于心也，若或起之；得之心而书之纸也，若或相之。夫岂无一言之几乎道？千金之子、天子之宰相，求而不得者，一旦在已，故其心得以自负，或者天其亦有以与我也？

曩者见执事于益

州，当时之文，浅狭可笑。饥寒穷困乱其心，而声律记问又从而破坏其体，不足观也已。数年来退居山野，自分永弃，与世俗日疏阔，得以大肆其力于文章。诗人之优柔，骚人之精深，孟、韩之温淳，迁、固之雄刚，孙、吴之简切，投之所向，无不如意。常以为董生得圣人之经，其失也流而为迂；晁错得圣人之权，其失也流而为诈；有二子之才而不流者，其惟贾生乎！惜乎今之世，愚未见其人也。作策二道，曰《审势》《审敌》，作书十篇，曰《权书》。洵有山田一顷，非凶岁，可以无饥；力耕而节用，亦足以自老。不肖之身不足惜，而天之所与者不忍弃、且不敢亵也。执事之名满天下，天下之士用与不用在执事。故敢以所谓《策》二道、《权书》十篇者为献。平生之文，远不可多致，有《洪范论》《史论》七篇，近以献内翰欧阳公。度执事与之朝夕相从而议天下之事，则斯文也其亦庶乎得陈于前矣。若夫其言之可用与其身之可贵与否者，执事事也，执事责也，于洵何有哉！

上韩昭文论山陵书

四月二十三日，将仕郎、守霸州文安县主簿、礼院编纂苏洵，惶恐再拜上书昭文相公执事：洵本布衣书生，才无所长，相公不察而辱收之，使与百执事之末，平居思所以仰报盛德而不获其所。今者先帝新弃万国，天子始亲政事，当海内倾耳侧目之秋，而相公实为社稷柱石莫先之臣，有百世不磨之功，伏惟相公将何以处之？

古者天子即位，天下之政必有所不及安席而先行之者。盖汉昭即位，休息百役，与天下更始，故其为天子曾未逾月，而恩泽下布于海内。窃惟当今之事，天下之所谓最急，而天子之所宜先行者，辄敢以告于左右。

窃见先帝以俭德临天下，在位四十余年，而宫室游观无所增加，帏薄器皿弊陋而不易，天下称颂，以为文、景之所不若。今一旦奄弃臣下，而有司乃欲以末世葬送无益之费，侵削先帝休息长养之民，掇取厚葬之名而遗之，以累其盛明。故洵以为，当今之议，莫若薄葬。窃闻顷者癸酉赦书既出，郡县无以赏兵，例皆贷钱于民，民之有钱者，皆莫肯自输，于是有威之以刀剑，驱之以笞棰，为国结怨，仅而得之者。小民无知，不知与国同忧，方且狼顾而不宁。而山陵一切配率之科又以复下，计今不过秋冬之间，海内必将骚然，有不自聊赖之人。窃惟先帝平昔之所以爱惜百姓者如此其深，而其所以检身节俭者如此其至也，推其平生之心而计其既没之意，则其不欲以山陵重困天下，亦已明矣。而臣下乃独为此过当逾礼之费，以拂戾其平生之意，窃所不取也。且使今府库之中，财用有余，一物不取于民，尽公力而为之，以称遂臣子不忍之心，犹且获讥于圣人。况夫空虚无有，一金以上非取于民则不获，而冒行不顾，以徇近世失中之礼，亦已惑矣。

然议者必将以为，古者“君子不以天下俭其亲”，以天下之大，而不足于先帝之葬，于人情有所不顺。洵亦以为不然。使今俭葬而用墨子之说，则是过也；不废先王之礼，而去近世无益之费，是不过矣。子思曰：“三日而殡，凡附于身者，必诚必信，勿之有悔焉耳矣。三月而葬，凡附于棺者，必诚必信，勿之有悔焉耳矣。”古之人所由以尽其诚信者，不敢有略也，而外是者则略之。昔者华元厚葬其君，君子以为不臣。汉文葬于霸陵，木不改列，藏无金玉，天下以为圣明，而后世安于太山。故曰：莫

若建薄葬之议，上以遂先帝恭俭之诚，下以纾百姓目前之患，内以解华元不臣之讥，而万世之后以固山陵不拔之安。

洵窃观古者厚葬之由，未有非其时君之不达，欲以金玉厚其亲于地下，而其臣下不能禁止，偪俛而从之者。未有如今日之事，太后至明，天子至圣，而有司信近世之礼，而遂为之者，是可深惜也。且夫相公既已立不世之功矣，而何爱一时之劳而无所建明？洵恐世之清议，将有任其责者。

如曰：诏敕已行，制度已定，虽知不便，而不可复改。则此又过矣。盖唐太宗之葬高祖也，欲为九丈之坟，而用汉氏长陵之制，百事务从丰厚，及群臣建议以为不可，于是改从光武之陵，高不过六丈，而每事俭约。夫君子之为政，与其坐视百姓之艰难而重改令之非，孰若改令以救百姓之急？不胜区区之心，敢辄以告。惟恕其狂易之诛，幸甚幸甚！不宣，洵惶恐再拜。

上王长安书

判府左丞阁下：天下无事，天子甚尊，公卿甚贵，士甚贱。从士而逆数之，至于天子，其积也甚厚，其为变也甚难。是故天子之尊至于不可指，而士之卑至于可杀。呜呼！见其安而不见其危，如此而已矣。卫懿公之死，非其无人也，以鹤辞而不与战也。方其未败也，天下之士望为其鹤而不可得也。及其败也，思以千乘之国与匹夫共之而不可得也。人知其卒之至于如此，则天子之尊可以栗栗于上，而士之卑可以肆志于下，又焉敢以势言哉！故夫士之贵贱，其势在天子。天子之存亡，其权在士。世衰道丧，天下之士，学之不明，持之不坚，于是始以天子存亡之权，下而就一匹夫贵贱之势。甚矣夫，天下之惑也！持千金之璧以易一瓦缶，几何其不举而弃诸沟也。

古之君子，其道相为徒，其徒相为

用。故一夫不用乎此，则天下之士相率而去之。使夫上之人有失天下士之忧，而后有失一士之惧。今之君子，幸其徒之不用，以苟容其身。故其始也轻用之，而其终也亦轻去之。呜呼！其亦何便于此也？

当今之世，非有贤公卿不能振其前，

非有贤士不能奋其后。洵从蜀来，明日将至长安，见明公而东。伏惟读其书而察其心，以轻重其礼，幸甚幸甚！

上余青州书

洵闻之，楚人高令尹子文之行，曰："三以为令尹而不喜，三夺其令尹而不怒。"其为令尹也，楚人为之喜；而其去令尹也，楚人为之怒。己不期为令尹，而令尹自至。夫令尹子文岂独恶夫富贵哉？知其不可以求得，而安其自得，是以喜怒不及其心，而人为之嚣嚣。嗟夫！岂亦不足以见己大而人小邪？脱然为弃于人，而不知弃之为悲；纷然为取于人，而不知取之为乐。人自为弃我、取我，而吾之所以为我者如一，则亦不足以高视天下而窃笑矣哉！

昔者，明公之初自奋于南海之滨，而为天下之名卿。当其盛时，激昂慷慨，论得失，定可否，左摩西羌，右揣契丹，奉使千里，弹压强悍不屈之虏，其辩如决河流而东注诸海，名声四溢于中原而滂薄于戎狄之国，可谓至盛矣！及至中废而为海滨之匹夫，盖其间十有余年，明公无求于人，而人亦无求于明公者。其后，适会南蛮纵横放肆，充斥万里，而莫之或救。明公乃起于民伍之中，折尺箠而笞之，不旋踵而南方乂安。夫明公岂有求而为之哉？适会事变以成大功，功成而爵禄至。明公之于进退之事，盖亦绰绰乎有余裕矣。

悲夫！世俗之人纷纷于富贵之间而不知自止。达者安于逸乐而习为高岸之节，顾视四海饥寒穷困之士，莫不颦蹙呕哕而不乐；穷者藜藿不饱，布褐不暖，习为贫贱之所摧折，仰望贵人之辉光，则为之颠倒而失措。此二人者，皆不可与语于轻富贵而安贫贱。何者？彼不知贫富贵贱之正味也。夫惟天下之习于富贵之荣，而忸于贫贱之辱者，而后可与语此。

今夫天下之所以奔走于富贵者，我知之矣，而不敢以告人也。富贵之极，止于天子之相。而天子之相，果谁为之名？岂天为之名邪？其

无乃亦人之自相名邪？夫天下之官，上自三公，至于卿、大夫，而下至于士。此四者，皆人之所自为也，而人亦自贵之。天下以为此四者绝群离类，特立于天下而不可几近，则不亦大惑矣哉！盍亦反其本而思之？夫此四名者，其初盖出于天下之人出其私意以自相号呼者而已矣。夫此四名者，果出于人之私意所以自相号呼也，则夫世之所谓贤人君子者，亦何以异此？有才者为贤人，而有德者为君子，此二名者夫岂轻也哉？而今世之士得为君子者，一为世之所弃，则以为不若一命士之贵，而况以与三公争哉？且夫明公昔者之伏于南海，与夫今者之为东诸侯也，君子岂有间于其间，而明公亦岂有以自轻而自重哉？洵以为明公之习于富贵之荣，而狃于贫贱之辱，其尝之也盖以多矣，是以极言至此而无所迂曲。

洵，西蜀之匹夫，尝有志于当世，因循不遇，遂至于老。然其尝所欲见者天下之士，盖有五六人。五六人者已略见矣，而独明公之未尝见，每以为恨。今明公来朝，而洵适在此，是以不得不见。伏惟加察，幸甚！

上欧阳内翰第一书

内翰执事：洵布衣穷居，尝窃有叹。以为天下之人，不能皆贤，不能皆不肖。故贤人君子之处于世，合必离，离必合。往者天子方有意于治，而范公在相府，富公为枢密副使，执事与余公、蔡公为谏官，尹公驰骋上下，用力于兵革之地。方是之时，天下之人，毛发丝粟之才，纷纷然而起，合而为一。而洵也，自度其愚鲁无用之身，不足以自奋于其间，退而养其心，幸其道之将成，而可以复见于当世之贤人君子。不幸道未成，而范公西，富公北，执事与余公、蔡公分散四出，而尹公亦失势，奔走于小官。洵时在京师，亲见其事，忽忽仰天叹息，以为斯人之去，而道虽成，不复足以为荣也。既复自思，念往者众君子之进于朝，其始也，必有善人焉推之；今也，亦必有小人焉推之。今之世无复有善人也，则已矣；如其不然也，吾何忧焉！姑养其心，使其道大有成而待之，何伤？退而处十年，虽未敢自谓其道有成矣，然浩浩乎，其胸中若与曩者异。而余公适亦有成功于南方，执事与蔡公复相继登于朝，富公复自外入为宰相，其势将复合为一。喜且自贺，以为道既已粗成，而果将有以发之也。既又反而思其向之所慕望爱悦之而不得见之者，盖有六人。今将往见之矣，而六人者已有范公、尹公二人亡焉，则又为之潸然出涕以悲。呜呼，二人者不可复见矣！而所恃以慰此心者，犹有四人也，则又以自解。思其止于四人也，则又汲汲欲一识其面，以发其心之所欲言。而富公又为天子之宰相，远方寒士未可遽以言通于其前；余公、蔡公远者又在万里外；独执事在朝廷间，而其位差不甚贵，可以叫呼扳援而闻之以言。而饥寒衰老之病，又痼而留之，使不克自至于执事之庭。夫以慕望爱悦其人之心，十年而不得见，而其人已死，如范公、尹公二人者；则四人之中，非其势不可遽以言通者，何可以不能自往而遽已也？

执事之文章，天下之人莫不知之，然窃自以为洵之知之特深，愈于天下之人。何者？孟子之文，语约而意尽，不为巉刻斩绝之言，而其锋不可犯。韩子之文，如长江大河，浑浩流转，鱼鼋蛟龙，万怪惶惑，而抑遏蔽掩，不使自露。而人望见其渊然之光，苍然之色，亦自畏避，不敢迫视。执事之文，纡余委备，往复百折，而条达疏畅，无所间断。气尽语极，急言竭论，而容与闲易，无艰难劳苦之态。

此三者，皆断然自为一家之文也。惟李翱之文，其味黯然而长，其光油然而幽，俯仰揖让，有执事之态。陆贽之文，遣言措意，切近的当，有执事之实。而执事之才，又自有过人者。盖执事之文，非孟子、韩子之文，而欧阳子之文也。夫乐道人之善而不为谄者，以其人诚足以当之也。彼不知者，则以为誉人以求其悦己也。夫誉人以求其悦己，洵亦不为也。而其所以道执事光明盛大之德，而不自知止者，亦欲执事之知其知我也。

虽然，执事之名满于天下，虽不见其文，而固已知有欧阳子矣。而洵也，不幸堕在草野泥涂之中，而其知道之心，又近而粗成。而欲徒手奉咫尺之书，自托于执事，将使执事何从而知之，何从而信之哉？洵少年不学，生二十五岁，始知读书，从士君子游。年既已晚，而又不遂刻意厉行，以古人自期。而视与己同列者，皆不胜己，则遂以为可矣。其后困益甚，然后取古人之文而读之，始觉其出言用意，与己大异。时复内顾，自思其才则又似夫不遂止于是而已者。由是尽烧曩时所为文数百篇，取《论语》《孟子》、韩子及其他圣人、贤人之文，而兀然端坐，终日以读之者七八年。方其始也，入其中而惶然，博观于其外，而骇然以惊。及其久也，读之益精，而其胸中豁然以明，若人之言固当然者，然犹未敢自出其言也。时既久，胸中之言日益多，不能自制，试出而书之，已而再三读之，浑浑乎觉其来之易矣。然犹未敢以为是也。近所为《洪范论》《史论》凡七篇，执事观其如何？嘻！区区而自言，不知者又将以为自誉以求人之知己也。惟执事思其十年之心如是之不偶然也而察之！

上张侍郎第二书

省主侍郎执事：洵始至京师时，平生亲旧，往往在此，不见者盖十年矣，惜其老而无成。问所以来者，既而皆曰：“子欲有求，无事他人，须张益州来乃济。”且云：“公不惜数千里走表为子求官，苟归，立便殿上，与天子相唯诺，顾不肯邪？”

退自思公之所与我者，盖不为浅，所不可知者，唯其力不足而势不便。不然，公与我无爱也。闻之古人：“日中必熭，操刀必割。”当此时也，天子虚席而待公，其言宜无不听用。洵也与公有如此之旧，适在京师，且未甚老，而犹足以有为也。此时而无成，亦足以见他人之无足求，而他日之无及也已。

昨闻车马至此有日，西出百余里迎见。雪后苦风，晨至郑州，唇黑面裂，僮仆无人色。从逆旅主人得束薪缊火。良久，乃能以见。出郑州十里许，有导骑从东来，惊愕下马立道周，云宋端明且至，从者数百人，足声如雷，已过，乃敢上马徐去。私自伤至此，伏惟明公所谓洁廉而有文，可以比汉之司马子长者，盖穷困如此，岂不为之动心而待其多言邪！

易 论

圣人之道，得《礼》而信，得《易》而尊。信之而不可废，尊之而不敢废，故圣人之道所以不废者，《礼》为之明而《易》为之幽也。

生民之初，无贵贱，无尊卑，无长幼，不耕而不饥，不蚕而不寒，故其民逸。民之苦劳而乐逸也，若水之走下。而圣人者，独为之君臣，而使天下贵役贱；为之父子，而使天下尊役卑；为之兄弟，而使天下长役幼；蚕而后衣，耕而后食，率天下而劳之。一圣人之力，固非足以胜天下之民之众，而其所以能夺

其乐而易之以其所苦，而天下之民亦遂肯弃逸而即劳，欣然戴之以为君师，而遵蹈其法制者，《礼》则使然也。

圣人之始作《礼》也，其说曰：天下无贵贱，无尊卑，无长幼，是人之相杀无已也；不耕而食鸟兽之肉，不蚕而衣鸟兽之皮，是鸟兽与人相食无已也。有贵贱，有尊卑，有长幼，则人不相杀；食吾之所耕，而衣吾之所蚕，则鸟兽与人不相食。人之好生也甚于逸，而恶死也甚于劳，圣人夺其逸死而与之劳生，此虽三尺竖子知所趋避矣。故其道之所以信于天下而不可废者，《礼》为之明也。

虽然，明则易达，易达则亵，亵则易废。圣人惧其道之废而天下复于乱也，然后作《易》。观天地之象以为爻，通阴阳之变以为卦，考鬼神之情以为辞。探之茫茫，索之冥冥，童而习之，白首而不得其源。故天下视圣人如神之幽，如天之高。尊其人，而其教亦随而尊。故其道之所以尊于天下而不敢废者，《易》为之幽也。

凡人之所以见信者，以其中无所不可测者也。人之所以获尊者，以其中有所不可窥者也。是以《礼》无所不可测，而《易》有所不可窥，故天下之人信圣人之道而尊之。

不然，则《易》者，岂圣人务为新奇秘怪以夸后世邪？圣人不因天下之至神，则无所施其教。卜筮者，天下之至神也。而卜者，听乎天而人不预焉者也；筮者，决之天而营之人者也。龟，漫而无理者也，灼荆而钻之，方功义弓，惟其所为，而人何预焉？圣人曰：是纯乎天技耳，技何所施吾教？于是取筮。夫筮之所以或为阳、或为阴者，必自分而为二始；挂一，吾知其为一而挂之也；揲之以四，吾知其为四而揲之也；归奇于扐，吾知其为一、为二、为三、为四而归之也，人也。分而为二，吾不知其为几而分之也，天也。

圣人曰：是天人参焉，道也，道有所施吾教矣。于是因而作《易》以神天下之耳目，而其道遂尊而不废。此圣人用其机权以持天下之心而济其道于无穷也。

礼论

夫人之情，安于其所常为，无故而变其俗，则其势必不从。圣人之始作礼也，不因其势之可以危亡困辱之者以厌服其心，而徒欲使之轻去其旧而乐就吾法，不能也。故无故而使之事君，无故而使之事父，无故而使之事兄；彼其初，非如今之人知君、父、兄之不事则不可也，而遂翻然以从我者：吾以“耻”厌服其心也。

彼为吾君，彼为吾父，彼为吾兄，圣人曰：彼为吾君父兄，何以异于我？于是坐其君与其父以及其兄，而己立于其旁，且俛首屈膝于其前以为礼，而谓之“拜”。率天下之人而使之拜其君、父、兄。夫无故而使之拜其君，无故而使之拜其父，无故而使之拜其兄，则天下之人将复嗤笑，以为迂怪而不从。而君父兄又不可以不得其臣、子、弟之拜，而徒为其君、父、兄。于是圣人者又有术焉以厌服其心，而使之肯拜其君、父、兄。然则圣人者，果何术也？“耻”之而已。

古之圣人将欲以礼治天下之民，故先自治其身，使天下皆信其言。曰：此人也，其言如是，是必不可不如是也。故圣人曰：天下有不拜其君、父、兄者，吾不与之齿。而天下之人亦曰：彼将不与我齿也。于是相率以拜其君、父、兄，以求齿于圣人。

虽然，彼圣人者，必欲天下之拜其君、父、兄，何也？其微权也。彼为吾君，彼为吾父，彼为吾兄，圣人之拜不用于世，吾与之皆坐于此，皆立于此，比

肩而行于此，无以异也。吾一旦而怒，奋手举梃而搏逐之，可也。何则？彼其心常以为吾侪也，不见其异于吾也。圣人知人之安于逸而苦于劳，故使贵者逸而贱者劳，且又知坐之为逸，而立且拜者之为劳也，故举其君、父、兄坐之于上，而使之立且拜于下。明日彼将有怒作于心者，徐而自思之，必曰：此吾向之所坐而拜之，且立于其下者也。圣人固使之逸而使我劳，是贱于彼也。奋手举梃以搏逐之，吾心不安焉。刻木而为人，朝夕而拜之，他日析之以为薪，而犹且忌之。彼其始，木焉，已拜之犹且不敢以为薪，故圣人以其微权而使天下尊其君、父、兄。而权者，又不可以告人，故先之以“耻”。

鸣呼！其事如此，然后君、父、兄得以安其尊而至于今。今之匹夫匹妇，莫不知拜其君、父、兄。乃曰：拜起坐立，礼之末也。不知圣人其始之教民拜起坐立，如此之劳也。此圣人之所虑，而作《易》以神其教也。

乐 论

《礼》之始作也，难而易行。既行也，易而难久。

天下未知君之为君，父之为父，兄之为兄，而圣人为之君、父、兄；天下未有以异其君、父、兄，而圣人为之拜起坐立；天下未肯靡然以从我拜起坐立，而圣人身先之以耻。呜呼！其亦难矣。天下恶夫死也久矣，圣人招之曰：来，吾生尔。既而其法果可以生天下之人，天下之人视其向也如此之危，而今也如此之安，则宜何从？故当其时，虽难而易行。

既行也，天下之人视君、父、兄，如

头足之不待别白而后识，视拜起坐立如寝食之不待告语而后从事。虽然，百人从之，一人不从，则其势不得遽至乎死。天下之人，不知其初之无礼而死，而见其今之无礼而不至乎死也，则曰圣人欺我。故当其时，虽易而难久。

呜呼！圣人之所恃以胜天下之劳逸

者，独有死生之说耳。死生之说不信于天下，则劳逸之说将出而胜之。劳逸之说胜，则圣人之权去矣。酒有鸩，肉有堇，然后人不敢饮食；药可以生死，然后人不以苦口为讳。去其鸩，彻其堇，则酒肉之权固胜于药。圣人之始作礼也，其亦逆知其势之将必如此也，曰：告人以诚，而后人信之。幸今之时吾之所以告人者，其理诚然，而其事亦然，故人以为信。吾知其理，而天下之人知其事；事有不必然者，则吾之理不足以折天下之口，此告语之所不及也。告语之所不及，必有以阴驱而潜率之。于是观之天地之间，得其至神之机，而窃之以乐。

雨，吾见其所以湿万物也；日，吾见其所以燥万物也；风，吾见其所以动万物也；隐隐訇訇而谓之雷者，彼何用也？阴凝而不散，物蹙而不遂，雨之所不能湿，日之所不能燥，风之所不能动，雷一震焉而凝者散，蹙者遂。曰雨者，曰日者，曰风者，以形用；曰雷者，以神用。用莫神于声，故圣人因声以为乐。为之君臣、父子、兄弟者，礼也。礼之所不及，而乐及焉。正声入乎耳，而人皆有事君、事父、事兄之心，则礼者固吾心之所有也，而圣人之说，又何从而不信乎？

诗　论

人之嗜欲，好之有甚于生；而愤憾怨怒，有不顾其死。于是礼之权又穷。

礼之法曰：好色不可为也；为人臣，为人子，为人弟，不可以有怨于其君、父、兄也。使天下之人皆不好色，皆不怨其君、父、兄，夫岂不善？使人之情皆泊然而无思，和易而优柔，以从事于此，则天下固亦大治。而人之情又不能皆然，好色之心驱诸其中，是非不平之气攻诸其外，炎炎而生，不顾利害，趋死而后已。噫！礼之权止于死生，天下之事不至乎可以博生者，则人不敢触死以违吾法。今也，人之好色与人之是非不平之心勃然而发于中，以为可以博生也，而先以死自处其身，则死生之机固已去矣。死生之机去，则礼为无权。区区举无权之礼以强人之所不能，则乱益甚，而礼益败。

今吾告人曰：必无好色，必无怨而

君、父、兄，彼将遂从吾言而忘其中心所自有之情邪？将不能也。彼既已不能纯用吾法，将遂大弃而不顾吾法。既已大弃而不顾，则人之好色与怨其君、父、兄之心，将遂荡然无所隔限，而易内窃妻之变与弑其君、父、兄之祸，必反公行于天下。圣人忧焉，曰：禁人之好色而至于淫，禁人之怨其君、父、兄而至于叛，患生于责人太详。好色之不绝，而怨之不禁，则彼将反不至于乱。

故圣人之道，严于《礼》而通于《诗》。《礼》曰：必无好色，必无怨而君、父、兄。《诗》曰：好色而无至于淫，怨而君、父、兄而无至于叛。严以待天下之贤人，通以全天下之中人。吾观《国风》婉娈柔媚而卒守以正，好色而不至于淫者也；《小雅》悲伤诟谶而君臣之情卒不忍去，怨而不至于叛者也。故天下观之，曰：圣人固许我以好色，而不尤我之怨吾君、父、兄也。许我以好色，不淫可也；不尤我之怨吾君、父、兄，则彼虽以虐遇我，我明讥而明怨之，使天下明知之，则吾之怨亦得当焉，不叛可也。夫背圣人之法而自弃于淫、叛之地者，非断不能也。断之始，生于不胜，人不自胜其忿，然后忍弃其身。故《诗》之教，不使人之情至于不胜也。

夫桥之所以为安于舟者，以有桥而言也。水潦大至，桥必解而舟不至于必败。故舟者，所以济桥之所不及也。吁！《礼》之权穷于易达，而有《易》焉；穷于后世之不信，而有《乐》焉；穷于强人，而有《诗》焉。吁！圣人之虑事也盖详。

史论上

史何为而作乎？其有忧也。何忧乎？忧小人也。何由知之？以其名知之。楚之史曰《梼杌》。梼杌，四凶之一也。君子不待褒而劝，不待贬而惩；然则，史之所惩劝者，独小人耳。仲尼之志大，故其忧愈大；忧愈大，故其作愈大。是以因史修经，卒之论其效者，必曰“乱臣贼子惧”。由是知史与经皆忧小人而作，其义一也。

其义一，其体二，故曰史焉，曰经焉。大凡文之用四：事以实之，词以章之，道以通之，法以检之。此经、史所兼而有之者也。虽然，经以道、法胜，史以事、词胜；经不得史无以证其褒贬，史不得经无以酌其轻重；经非一代之实录，史非万世之常法；体不相沿，而用实相资焉。

夫《易》《礼》《乐》《诗》《书》，言圣人之道与法详矣，然弗验之行事。

仲尼惧后世以是为圣人之私言，故因赴告策书以修《春秋》，旌善而惩恶，此经之道也；犹惧后世以为己之臆断，故本《周礼》以为凡，此经之法也。至于事则举其略，词则务于简。吾故曰：经以道、法胜。史则不然，事既曲详，词亦夸耀，所谓褒贬，论赞之外无几。吾故曰：史以事、词胜。

使后人不知史而观经，则所褒莫见其善状，所贬弗闻其恶实。吾故曰：经不得史，无以证其褒贬。使后人不通经而专史，则称谓不知所法，惩劝不知所祖。吾故曰：史不得经，无以酌其轻重。

经或从伪赴而

书，或隐讳而不书，若此者众，皆适于教而已。吾故曰：经非一代之实录。史之一纪、一世家、一传，其间美恶得失固不可以一二数，则其论赞数十百言之中，安能事为之褒贬，使天下之人动有所法如《春秋》哉？吾故曰：史非万世之常法。

夫规矩准绳所以制器，器所待而正者也。然而不得器则规无所效其圆，矩无所用其方，准无所施其平，绳无所措其直。史待经而正，不得史则经晦。吾故曰：体不相沿，而用实相资焉。

噫！一规，一矩，一准，一绳，足以制万器。后之人其务希迁、固，实录可也，慎无若王通、陆长源辈，嚣嚣然冗且僭，则善矣。

谏论上

古今论谏，常与讽而少直，其说盖出于仲尼。吾以为讽、直一也，顾用之之术何如耳。伍举进隐语，楚王淫益甚；茅焦解衣危论，秦帝立悟。讽固不可尽与，直亦未易少之。吾故曰：顾用之之术何如耳。

然则仲尼之说非乎？曰：仲尼之说，纯乎经者也；吾之说，参乎权而归乎经者也。如得其术，则人君有少不为桀、纣者，吾百谏而百听矣，况虚己者乎？不得其术，则人君有少不若尧、舜者，吾百谏而百不听矣，况逆忠者乎？

然则奚术而可？曰：机智勇辩如古游说之士而已。夫游说之士，以机智勇辩济其诈，吾欲谏者以机智勇辩济其忠。请备论其效。周衰，游说炽于列国，自是世有其人。吾独怪夫谏而从者百一，说而从者十九；谏而死者皆是，说而死者未尝闻。然而抵触忌讳，说或甚于谏。由是知不必乎讽，而必乎术也。

说之术可为谏法者五：理谕之，势禁之，利诱之，激怒之，隐讽之之谓也。

触龙以赵后爱女贤于爱子，未旋踵而长安君出质；甘罗以杜郎之死诘张唐，而相燕之行有日；赵卒以两贤王之意语燕，而立归武臣：此理而谕之也。

子贡以内忧教田常，而齐不得伐鲁；武公以麋鹿胁顷襄，而楚不敢图周；鲁连以烹醢惧垣衍，而魏不果帝秦：此势而禁之也。

田生以万户侯启张卿，而刘泽封；朱建以富贵饵闳孺，而辟阳赦；邹阳以爱幸悦长君，而梁王释：此利而诱之也。

苏秦以牛后羞韩，而惠王按剑太息；范雎以无王耻秦，而昭王长跪请教；郦生以助秦凌汉，而沛公辍洗听计：此激而怒之也。

苏代以土偶笑田文，楚人以弓缴感襄王，蒯通以娶妇悟齐相：此隐而讽之也。

五者，相倾险诐之论；虽然，施之忠臣，足以成功。何则？理而谕之，主虽昏必悟；势而禁之，主虽骄必惧；利而诱之，主虽怠必奋；激而怒之，主虽懦必立；隐而讽之，主虽暴必容。悟则明，惧则恭，奋则勤，立则勇，容则宽，致君之道尽于此矣。吾观昔之臣言必从，理必济，莫如唐魏郑公，其初实学纵横之说，此所谓得其术者欤？

嘻！龙逄、比干不获称良臣，无苏秦、张仪之术也；苏秦、张仪不免为游说，无龙逄、比干之心也。是以龙逄、比干，吾取其心，不取其术；苏秦、张仪，吾取其术，不取其心：以为谏法。

谏论下

夫臣能谏，不能使君必纳谏，非真能谏之臣；君能纳谏，不能使臣必谏，非真能纳谏之君。欲君必纳乎，向之论备矣；欲臣必谏乎，吾其言之。

夫君之大，天也；其尊，神也；其

威，雷霆也。人之不能抗天、触神、忤雷霆，亦明矣。圣人知其然，故立赏以劝之，《传》曰“兴王赏谏臣”是也。犹惧其选耎阿谀，使一日不得闻其过，故制刑以威之，《书》曰“臣下不正，其刑墨”是也。人之情非病风丧心，未有避赏而就刑者，何苦而不谏哉！

赏与刑不设，则人之情又何苦而抗天、触神、忤雷霆哉！自非性忠义、不悦赏、不畏罪，谁欲以言博死者？人君又安能尽得性忠义者而任之？

今有三人焉：一人勇，一人勇怯半，一人怯。有与之临乎渊谷者，且告之曰：能跳而越，此谓之勇，不然为怯。彼勇者耻怯，必跳而越焉，其勇怯半者与怯者则不能也。又告之曰：跳而越者予千金，不然则否。彼勇怯半者奔利，必跳而越焉，其怯者犹未能也。须臾，顾见猛虎暴然向逼，则怯者不待告，跳而越之如康庄矣。然则人岂有勇怯哉？要在以势驱之耳。君之难犯，犹渊

谷之难越也。所谓性忠义、不悦赏、不畏罪者，勇者也，故无不谏焉。悦赏者，勇怯半者也，故赏而后谏焉。畏罪者，怯者也，故刑而后谏焉。先王知勇者不可常得，故以赏为千金，以刑为猛虎，使其前有所趋，后有所避，其势不得不极言规失，此三代所以兴也。末世不然，迁其赏于不谏，迁其刑于谏，宜乎臣之噤口卷舌，而乱亡随之也。间或贤君欲闻其过，亦不过赏之而已。呜呼！不有猛虎，彼怯者肯越渊谷乎？此无他，墨刑之废耳。三代之后，如霍光诛昌邑不谏之臣者，不亦鲜哉！

今之谏赏，时或

有之，不谏之刑，缺然无矣。苟增其所有，有其所无，则谀者直，佞者忠，况忠直者乎！诚如是，欲闻谠言而不获，吾不信也。

明论

天下有大知，有小知。人之智虑有所及，有所不及。圣人以其大知而兼其小知之功，贤人以其所及而济其所不及；愚者不知大知，而以其所不及丧其所及。故圣人之治天下也以常，而贤人之治天下也以时。既不能常，又不能时，悲夫殆哉！夫惟大知，而后可以常；以其所及济其所不及，而后可以时。常也者，无治而不治者也；时也者，无乱而不治者也。

日月经乎中天，大可以被四海，而小或不能入一室之下，彼固无用此区区小明也。故天下视日月之光，俨然其若君父之威。故自有天地而有日月，以至于今，而未尝可以一日无焉。天下尝有言曰：叛父母，亵神明，则雷霆下击之。雷霆固不能为天下尽击此等辈也，而天下之所以兢兢然不敢犯者，有时而不测也。使雷霆日轰轰焉绕天下以求夫叛父母、亵神明之人而击之，则其人未必能尽，而雷霆之威无乃亵乎！故夫知日月雷霆之分者，可以用其明矣。

圣人之明，吾不得而知也。吾独爱夫贤者之用其心约而成功博也，吾独怪夫愚者之用其心劳而功不成也。是无他也，专于其所及而及之，则其及必精；

兼于其所不及而及之，则其及必粗。及之而精，人将曰是惟无及，及则精矣。不然，吾恐奸雄之窃笑也。

齐威王即位，大乱三载，威王一奋而诸侯震惧二十年。是何修何营邪？夫齐国之贤者，非独一即墨大夫，明矣；乱齐国者，非独一阿大夫与左右誉阿而毁即墨者几人，亦明矣。一即墨大夫易知也，一阿大夫易知也，左右誉阿而毁即墨者几人易知也，从其易知而精之，故用心甚约而成功博也。

天下之事，譬如有物十焉，吾举其一，而人不知吾之不知其九也。历数之至于九，而不知其一，不如举一之不可测也，而况乎不至于九也。

辨奸论

事有必至，理有固然，惟天下之静者乃能见微而知著。月晕而风，础润而雨，人人知之。人事之推移，理势之相因，其疏阔而难知，变化而不可测者，孰与天地阴阳之事？而贤者有不知，其故何也？好恶乱其中而利害夺其外也。

昔者山巨源见王衍，曰："误天下苍生者，必此人也。"郭汾阳见卢杞，曰："此人得志，吾子孙无遗类矣！"自今而言之，其理固有可见者。然以吾观之，王衍之为人，容貌言语固有以欺世而盗名者，然不忮不求，与物浮沉，使晋无惠帝，仅得中主，虽衍百千，何从而乱天下乎？卢杞之奸，固足以败国，然而不学无文，容貌不足以动人，言语不足以眩世，非德宗之鄙暗，亦何从而用之？由是言之，二公之料二子，亦容有未必然也。

今有人口诵孔、

老之言，身履夷、齐之行，收召好名之士、不得志之人，相与造作言语，私立名字，以为颜渊、孟轲复出，而阴贼险狠与人异趣，是王衍、卢杞合而为一人也，其祸岂可胜言哉？夫面垢不忘洗，衣垢不忘浣，此人之至情也。今也不然，衣臣虏之衣，食犬彘之食，囚首丧面而谈《诗》《书》，此岂其情也哉？凡事之不近人情者，鲜不为大奸慝，竖刁、易牙、开方是也。以盖世之名而济其未形之患，虽有愿治之主、好贤之相，犹将举而用之，则其为天下患必然而无疑者，非特二子之比也。

孙子曰：“善用

兵者无赫赫之功。”使斯人而不用也，则吾言为过，而斯人有不遇之叹。孰知其祸之至于此哉？不然，天下将被其祸，而吾获知言之名，悲夫！

管仲论

管仲相桓公，霸诸侯，攘戎狄，终其身齐国富强，诸侯不叛。管仲死，竖刁、易牙、开方用，桓公薨于乱，五公子争立，其祸蔓延，讫简公，齐无宁岁。

夫功之成，非成于成之日，盖必有所

由起；祸之作，不作于作之日，亦必有所由兆。则齐之治也，吾不曰管仲，而曰鲍叔；及其乱也，吾不曰竖刁、易牙、开方，而曰管仲。何则？竖刁、易牙、开方三子，彼固乱人国者，顾其用之者，桓公也。夫有舜而后知放四凶，有仲尼而后知去少正卯。彼桓公何人也？

顾其使桓公得用三子者，管仲也。

仲之疾也，公问之相。当是时也，吾以仲且举天下之贤者以对。而其言乃不过曰竖刁、易牙、开方三子非人情，不可近而已。呜呼！仲以为桓公果能不用三子矣乎？仲与桓公处几年矣，亦知桓公之为人矣乎？桓公声不绝乎耳，色不绝乎目，而非三子者则无以遂其欲。彼其初之所以不用者，徒以有仲焉耳。一日无仲，则三子者，可以弹冠相庆矣。仲以为将死之言，可以絷桓公之手足耶？夫齐国不患有三子，而患无仲。有仲则三子者，三匹夫耳。不然，天下岂少三子之徒？虽桓公幸而听仲，诛此三人，而其余者，仲能悉数而去之邪？呜呼！仲可谓不知本者矣！因桓公之问，举天下之贤者以自代，则仲虽死，而齐国未为无仲也，夫何患？三子者，不言可也。

五霸莫盛于桓、文。文公之才不过桓公，其臣又皆不及仲，灵公之虐不如孝公之宽厚。文公死，诸侯不敢叛晋，晋袭文公之余威，得为诸侯之盟主者百有余年。何者？其君虽不肖，而尚有老成人焉。桓公之薨也，一乱涂地。无惑也，彼独恃一管仲，而仲则死矣。夫天下未尝无贤者，盖有有臣而无君者矣。桓公在焉，而曰天下不复有管仲者，吾不信也。仲之书有记其将死，论鲍叔、宾胥无之为人，且各疏其短，是其心以为是数子者皆不足以托国；而又逆知其将死，则其书诞谩不足信也。

吾观史鳅以不能进蘧伯玉而退弥子瑕，故有身后之谏；萧何且死，举曹参以自代：大臣之用心，固宜如此也。夫国以一人兴，以一人亡，贤者不悲其身之死，而忧其国之衰。故必复有贤者而后可以死。彼管仲者，何以死哉！

审 势

治天下者定所上，所上一定，至于万千年而不变，使民之耳目纯于一，而子孙有所守，易以为治。故三代圣人，其后世远者至七八百年。夫岂惟其民之不忘其功，以至于是，盖其子孙得其祖宗之法而为据依，可以永久。夏之上忠，商之上质，周之上文，视天下之所宜上而固执之，以此而始，以此而终，不朝文而暮质，以自溃乱。故圣人者出，必先定一代之所上。周之世，盖有周公为之制礼，而天下遂上文。后世有贾谊者说汉文帝，亦欲先定制度，而其说不果用。今者天下幸方治安，子孙万世帝王之计，不可不预定于此时。然万世帝王之计，常先定所上，使其子孙可以安坐而守其旧。至于政弊，然后变其小节，而其大体卒不可革易。故享世长远，而民不苟简。

今也考之于朝野之间，以观国家

之所上者，而愚犹有惑也。何则？天下之势有强弱，圣人审其势而应之以权。势强矣，强甚而不已则折；势弱矣，弱甚而不已则屈。圣人权之，而使其甚不至于折与屈者，威与惠也。夫强甚者，威竭而不振；弱甚者，惠亵而下不以为德。故处弱者利用威，而

处强者利用惠。乘强之威以行惠，则惠尊；乘弱之惠以养威，则威发而天下震栗。故威与惠者，所以裁节天下强弱之势也。然而不知强弱之势者，有杀人之威而下不惧，有生人之惠而下不喜。何者？威竭而惠亵故也。故有天下者，必先审知天下之势，而后可与言用威惠。不先审知其势，而徒曰我能用威，我能用惠者，末也。故有强而益之以威，弱而益之以惠，以至于折与屈者，是可悼也。譬之一人之身，将欲乳药饵石以养其生，必先审观其性之为阴、其性之为阳，而投之以药石。药石之阳而投之阴，药石之阴而投之阳，故阴不至于涸，而阳不至于亢。苟不能先审观己之为阴与己之为阳，而以阴攻阴，以阳攻阳，则阴者固死于阴，而阳者固死于阳，不可救也。是以善养身者，先审其阴阳；而善制天下者，先审其强弱以为之谋。

昔者周有天下，诸侯太盛。当其盛

时，大者已有地五百里，而畿内反不过千里，其势为弱。秦有天下，散为郡县，聚为京师，守令无大权柄，伸缩进退无不在我，其势为强。然方其成、康在上，诸侯无小大莫不臣伏，弱之势未见于外。及其后世失德，而诸侯禽奔兽遁，各固其国以相侵攘，而其上之

人卒不悟，区区守姑息之道，而望其能以制服强国，是谓以弱政济弱势，故周之天下卒毙于弱。秦自孝公，其势固已骎骎焉日趋于强大，及其子孙已并天下，而亦不悟，专任法制以斩挞平民，是谓以强政济强势，故秦之天下卒毙于强。周拘于惠而不知权，秦勇于威而不知本，二者皆不审天下之势也。

吾宋制治，有县令，有郡守，有转运使，以大系小，丝牵绳联，总合于上。虽其地在万里外，方数千里，拥兵百万，而天子一呼于殿陛间，三尺竖子驰传捧诏，召而归之京师，则解印趋走，惟恐不及。如此之势，秦之所恃以强之势也。势强矣，然天下之病，常病于弱。噫！有可强之势如秦而反陷于弱者，何也？习于惠而怯于威也，惠太甚而威不胜也。夫其所以习于惠而惠太甚者，赏数而加于无功也；怯于威而威不胜者，刑弛而兵不振也。由赏与刑与兵之不得其道，是以有弱之实著于外焉。何谓弱之实？曰官吏旷惰，职废不举，而败官之罚不加严也；多赎数赦，不问有罪，而典刑之禁不能行也；冗兵骄狂，负力幸赏，而维持姑息之恩不敢节也；将帅覆军，匹马不返，而败军之责不加重也；羌胡强盛，陵压中国，而邀金缯、增币帛之耻不为怒也。若此类者，大弱之实也。久而不治，则又将有大于此，而遂浸微浸消，释然而溃，以至于不可救止者乘之矣。然愚以为弱在于政，不在于势，是谓以弱政败强势。今夫一舆薪之火，众人之所惮而不敢犯者也，举而投之河，则何热之能为？是以负强秦之势，而溺于弱周之弊，而天下不知其强焉者以此也。

虽然，政之弱，非若势弱之难治也。借如弱周之势，必变易其诸侯，而后强可能也。天下之诸侯固未易变易，此又非一日之故也。若夫弱政，则用威而已矣，可以朝改而夕定也。夫齐，古之强国也；

而威王，又齐之贤王也。当其即位，委政不治，诸侯并侵，而人不知其国之为强国也。一旦发怒，裂万家，封即墨大夫，召烹阿大夫与常誉阿大夫者，而发兵击赵、魏、卫，赵、魏、卫尽走请和，而齐国人人震惧，不敢饰非者，彼诚知其政之弱，而能用其威以济其弱也。况今以天子之尊，借郡县之势，言脱于口而四方响应，其所以用威之资固已完具。且有天下者患不为，焉有欲为而不可者？今诚能一留意于用威，一赏罚，一号令，一举动，无不一切出于威，严用刑法而不赦有罪，力行果断而不牵于众人之是非，用不测之刑，用不测之赏，而使天下之人视之如风雨雷电，遽然而至，截然而下，不知其所从发而不可逃遁。朝廷如此，然后平民益务检慎，而奸民猾吏亦常恐恐然惧刑法之及其身而敛其手足，不敢辄犯法。此之谓强政。政强矣，为之数年，而天下之势可以复强。

愚故曰：乘弱之惠以养威，则威发而天下震栗。然则以当今之势，求所谓万世为帝王而其大体卒不可革易者，其上威而已矣。

或曰：当今之势，事诚无便于上威者。然孰知夫万世之间其政之不变，而必曰威邪？愚应之曰：威者，君之所恃以为君也。一日而无威，是无君也。久而政弊，变其小节，而参之以惠，使不至若秦之甚，可也。举而弃之，过矣。或者又曰：王者"任德不任刑"。任刑，霸者之事，非所宜言。此又非所谓知理者也。夫汤、武皆王也，桓、文皆霸也。武王乘纣之暴，出民于炮烙斩刖之地，苟又遂多杀人、多刑人以为治，则民之心去矣，故其治一出于礼义。彼汤则不然，桀之德固无以异纣，然其刑不若纣暴之甚也，而天下之民化其风，淫惰不事法度，《书》曰：“有众率怠弗协。”而又诸侯昆吾氏首为乱，于是诛锄其强梗、怠惰、不法之人，以定纷乱。故《记》曰：商人“先罚而后赏”。至于桓、文之事，则又非皆任刑也。桓公用管仲，仲之书好言刑，故桓公之治常任刑。文公长者，其佐狐、赵、先、魏皆不说以刑法，其治亦未尝以刑为本，而号亦为霸。而谓汤非王而文非霸也得乎？故用刑不必霸，而用德不必王，各观其势之何所宜用而已。然则今之势，何为不可用刑？用刑何为不曰王道？彼不先审天下之势，而欲应天下之务，难矣！

审 敌

中国内也，四夷外也。忧在内者，本也；忧在外者，末也。夫天下无内忧，必有外惧。本既固矣，盍释其末以息肩乎？曰未也。古者夷狄忧在外，今者夷狄忧在内。释其末可也，而愚不识方今夷狄之忧为末也。古者，夷狄之势，大弱则臣，小弱则遁，大盛则侵，小盛则掠。吾兵良而食足，将贤而士勇，则患不及中原，如是而曰外忧可也。今之蛮夷，姑无望其臣与遁，求其志止于侵掠而不可得也。北胡骄恣为日久矣，岁邀金缯以数十万计。曩者，幸吾有西羌之变，出不逊语以撼中国，天子不忍使边民重困于锋镝，是以虏日益骄，而贿日益增，迨今凡数十百万而犹慊然未满其欲，视中国如外府。然则，其势又将不止数十百万也。夫贿益多，则赋敛不得不重；赋敛重，则民不得不残。故虽名为息民，而其实爱其死而残其生也。名为外忧，而其实忧在内也。外忧之不去，圣人犹且耻之；内忧而不为之计，愚不知天下之所以久安而无变也。

古者，匈奴之强，不过冒顿。当暴秦刻剥，刘、项战夺之后，中国溘然矣。以今度之，彼宜遂入践中原，如决大

河，溃蚁壤，然卒不能越其疆以有吾尺寸之地。何则？中原之强，固百倍于匈奴，虽积衰新造，而犹足以制之也。五代之际，中原无君，石晋苟一时之利，以子行事匈奴，割幽、燕之地以资其强大。孺子继立，大臣外叛，匈奴扫境来寇，兵不血刃而京师不守，天下被其祸。匈奴自是始有轻中原之心，以为可得而取矣。及吾宋景德中大举来寇，章圣皇帝一战而却之，遂与之盟以和。夫人之情胜则狃，狃则败，败则惩，惩则胜。匈奴狃石晋之胜，而有景德之败；惩景德之败，而愚未知其所胜，甚可惧也。

虽然，数十年之间，能以无大变者，何也？匈奴之谋必曰：我百战而胜人，人虽屈而我亦劳。驰一介入中国，以形凌之，以势邀之，岁得金钱数十百万。如此数十岁，我益数百千万，而中国损数百千万；吾日以富，中国日以贫，然后足以有为也。天生北狄，谓之犬戎。投骨于地狺然而争者，犬之常也。今则不然，边境之上，岂无可乘之衅？使之来寇，大足以夺一郡，小亦足以杀掠数千人，而彼不以动其心者，此其志非小也。将以蓄其锐而伺吾隙，以伸其所大欲，故不忍以小利而败其远谋。古人有言曰："为虺弗摧，为蛇奈何?”匈奴之势,日长炎炎。今也柔而养之,以冀其卒无大变,其亦惑矣。且今中国之所以竭生民之力,以奉其所欲,而犹恐恐焉惧一物之不称其意者,非谓中国之力不足以支其怒也。然以愚度之,当今中国虽万万无有如石晋可乘之势者,匈奴之力虽足以犯边，然今十数年间，吾可以必无犯边之忧。何也？非畏吾也，其志不止犯边也。其志不止犯边，而力又未足以成其所欲为，则其心惟恐吾之一旦绝其好，以失吾之厚赂也。然而骄傲不肯少屈者，何也？其意曰邀之而后固也。鸷鸟将击，必匿其形。昔者冒顿欲攻汉，汉使至，辄匿其壮士健马。故《兵法》曰：“词卑者进也，词强者退也。”今匈奴之君臣，莫不张形势以夸我，此其志不欲战明矣。阖庐之入楚也因唐、蔡，勾践之入吴也因齐、晋。匈奴诚欲与吾战耶？曩者陕西有元昊之叛，河朔有王则之变，岭南有智高之乱，此亦可乘之势矣。然终以不动，则其志之不欲战又明矣。吁！彼不欲战，而我遂不与战，则彼既得其志矣。《兵法》曰：“用其所欲，行其所能，废其所不能。于敌反是。”今无乃与此异乎？

且匈奴之力，既未足以伸其所大欲，而夺一郡，杀掠数千人之利，彼又不以动其心，则我勿赂而已。勿赂，而彼以为辞，则对曰：尔何功于吾？岁欲吾赂，吾有战而已，赂不可得也。虽然，天下之人必曰：此愚人之计也。天下孰不知赂之为害而无赂之为利，顾势不可耳。愚以为不然。当今夷狄之势，如汉七国之势。昔者高祖急于灭项籍，故举数千里之地以王诸将，项籍死，天下定，而诸将之地因遂不可削。当是时，非刘氏而王者八国，高祖惧其且为变，故大封吴、楚、齐、赵同姓之国以制之。既而信、越、布、绾皆诛死，而吴、楚、齐、赵之强反无以制。

当是时，诸侯王虽名为臣，而其实莫不有帝制之心，胶东、胶西、济南又从而和之，于是擅爵人，赦死罪，戴黄屋，刺客公行，匕首交于京师。罪至章也，势至逼也。然当时之人，犹且徜徉容与，若不足虑，月不图岁，朝不计夕，循循而摩之，煦煦而吹之，幸而无大变。以及于孝景之世，有谋臣曰晁错，始议削诸侯地以损其权。天下皆曰：诸侯必且反。错曰：“固也。削亦反，不削亦反。削之则反疾而祸小，不削则反迟而祸大。吾惧其不及今反也。”天下皆曰晁错愚。吁！七国之祸，期于不免。与其发于远而祸大，不若发于近而祸小。以小祸易大祸，虽三尺童子皆知其当然。而其所以不与错者，彼皆不知其势将有远祸；与知其势将有远祸，而度己不及见，谓可以寄之后人，以苟免吾身者也。然则错为一身谋则愚，而为天下谋则智。人君又安可舍天下之谋，而用一身之谋哉！今日匈奴之强不减于七国，而天下之人又用当时之议，因循维持以至于今，方且以为无事。而愚以为天下之大计不如勿赂。勿赂则变疾而祸小，赂之则变迟而祸大。畏其疾也，不若畏其大；乐其迟也，不若乐其小。天下之势，如坐弊船之中，骎骎乎将入于深渊，不及其尚浅也舍之，而求所以自生之道，而以濡足为解者，是固夫覆溺之道也。圣人除患于未萌，然后能转而为福。今也不幸养之以至此，而近忧小患又惮而不决，则是远忧大患终不可去也。赤壁之战，惟周瑜、吕蒙知其胜；伐吴之役，惟羊祜、张华以为是。然则宏远深切之谋，固不能合庸人之意，此晁错所以为愚也。

虽然，错之谋犹有遗憾。何者？错知七国必反，而不为备反之计，山东变起，而关内骚动。今者匈奴之祸，又不若七国之难制。七国反，中原半为敌国；匈奴叛，中国以全制其后。此又易为谋也。

然则谋之奈何?曰:匈奴之计不过三:一曰声,二曰形,三曰实。匈奴谓中国怯久矣,以吾为终不敢与之抗,且其心常欲固前好而得厚赂以养其力。今也遽绝之,彼必曰战而胜,不如坐而得赂之为利也。华人怯,吾可以先声胁之,彼将复赂我。于是宣言于远近，我将以某日围某所，以某日攻某所。如此谓之声。命边郡休士卒、偃旗鼓，寂然若不闻其声。声既不能动，则彼之计将出于形。除道翦棘，多为疑兵以临吾城，如此谓之形。深沟固垒，清野以待，寂然若不见其形。形又不能动，则技止此矣，将遂练兵秣马以出于实。实而与之战，破之易尔。彼之计必先出于声与形，而后出于实者：出于声与形，期我惧而以重赂请和也；出于实，不得已而与我战，以幸一时之胜也。夫勇者可以施之于怯，不可以施之于智。今夫叫呼跳踉以气先者，世之所谓善斗者也。虽然，蓄全力以待之，则未始不胜。彼叫呼者，声也；跳踉者，形也。无以待之，则声与形者亦足以乘人于卒；不然，徒自弊其力于无用之地，是以不能胜也。韩许公节度宣武军，李师古忌公严整，使来告曰：“吾将假道伐滑。”公曰：“尔能越吾界为盗邪？有以相待，无为虚言！”滑帅告急，公使谓曰：“吾在此，公安无恐。”或告除道翦棘，兵且至矣。公曰：“兵来不除道也。”师古诈穷，迁延以遁。愚故曰：彼计出于声与形而不能动，则技止此矣。与之战，破之易耳。方今匈奴之君有内难，新立，意其必易与。邻国之难，霸王之资也。且天与不取，将受其弊。贾谊曰：“大国之王，幼弱未壮，汉之所置傅相，方握其事。数年之后，大抵皆冠，血气方刚，汉之傅相以病而赐罢。当是之时而欲为安，虽尧舜不能。”呜呼！是七国之势也。

权书引

人有言曰：儒者不言兵。仁义之兵，无术而自胜。使仁义之兵无术自胜也，则武王何用乎太公？而牧野之战，“四伐、五伐、六伐、七伐，乃止齐焉”，又何用也？

《权书》，兵书

也，而所以用仁济义之术也。吾疾夫世之人不究本末，而妄以我为孙武之徒也。夫孙氏之言兵，为常言也。而我以此书为不得已而言之之书也。故仁义不得已，而后吾《权书》用焉。然则“权”者，为仁义之穷而作也！

心 术

为将之道，当先治心，泰山崩于前而色不变，麋鹿兴于左而目不瞬，然后可以制利害，可以待敌。

凡兵上义，不义，虽利勿动。非一动之为害，而他日将有所不可措手足也。夫惟义可以怒士，士以义怒，可与百战。

凡战之道，未战养其财，将战养其力，既战养其气，既胜养其心。谨烽燧，严斥堠，使耕者无所顾忌，所以养其财。丰犒而优游之，所以养其力。小胜益急，小挫益厉，所以养其气。用人不尽其所欲为，所以养其心。故士常蓄其怒，怀其欲而不尽。怒不尽则有余勇，欲不尽则有余贪，故虽并天下而士不厌兵。此黄帝之所以七十战而兵不殆也。不养其心，一战而胜，不可用矣。

凡将欲智而严，凡士欲愚。智则不可测，严则不可犯，故士皆委己而听命，夫安得不愚？夫惟士愚，而后可与之皆死。

凡兵之动，知敌之主，知敌之将，而后可以动于险。邓艾缒兵于穴中，非刘禅之庸，则百万之师可以坐缚。彼固有所侮而动也。故古之贤将，能以兵尝敌，而又以敌自尝，故去就可以决。

凡主将之道，知理而后可以举兵，知

势而后可以加兵，知节而后可以用兵。知理则不屈，知势则不沮，知节则不穷。见小利不动，见小患不避，小利小患，不足以辱吾技也，夫然后可以支大利大患。夫惟养技而自爱者，无敌于天下。故一忍可以支百勇，一静可以制百动。

兵有长短，敌我

一也。敢问吾之所长，吾出而用之，彼将不与吾校；吾之所短，吾蔽而置之，彼将强与吾角，奈何？曰：吾之所短，吾抗而暴之，使之疑而却；吾之所长，吾阴而养之，使之狎而堕其中。此用长短之术也。

善用兵者，使之无所顾，有所恃。无

所顾，则知死之不足惜；有所恃，则知不至于必败。尺箠当猛虎，奋呼而操击；徒手遇蜥蜴，变色而却步：人之情也。知此者，可以将矣。袒裼而按剑，则乌获不敢逼；冠胄衣甲，据兵而寝，则童子弯弓杀之矣。故善用兵者以形固；夫能以形固，则力有余矣。

法制

将战，必审知其将之贤愚：与贤将战，则持之；与愚将战，则乘之。持之则容有所伺而为之谋，乘之则一举而夺其气。虽然，非愚将勿乘。乘之不动，其祸在我。分兵而迭进，所以持之也；并力而一战，所以乘之也。

古之善军者，以刑使人，以赏使人，以怒使人，而其中必有以义附者焉。不以战，不以掠，而以备急难。故越有君子六千人。韩之战，秦之斗士倍于晋，而出穆公于淖者，赦食马者也。

兵或寡而易危，或众而易叛，莫难于用众，莫危于用寡。治众者法欲繁，繁则士难以动；治寡者法欲简，简则士易以察。不然，则士不任战矣。惟众而繁，虽劳不害为强。

以众入险阻，必分军而疏行。夫险阻必有伏，伏必有约，军分则伏不知所击，而其约携矣。险阻惧蹙，疏行以纾士气。

兵莫危于攻，莫难于守，客主之势然也。故城有二不可守，兵少不足以实城，城小不足以容兵。夫惟贤将能以寡为众，以小为大。当敌之冲，人莫不守，我以疑兵，彼愕不进，虽告之曰此无人，彼不信也。度彼所袭，潜兵以备。彼不我测，谓我有余，夫何患兵少？偃旗仆鼓，寂若无气。严戢兵士，敢哗者斩。时令老弱登埤示怯，乘懈突击，其众可走，夫何患城小？

背城而战，阵欲方、欲踞、欲密、

欲缓。夫方而踞，密而缓，则士心固，固则不慑。背城而战，欲其不慑。面城而战，阵欲直、欲锐、欲疏、欲速。夫直而锐，疏而速，则士心危，危则致死。面城而战，欲其致死。

夫能静而自观者，可以用人矣。吾何为则怒，吾何为则喜，吾何为则勇，吾何为则怯？夫人岂异于我？天下之人，孰不能自观其一身？是以知此理者，途之人皆可以将。

平居与人言，一语不循故，犹且睥而忌。敌以形形我，恬而不怪，亦已固矣。是故智者视敌有无故之形，必谨察之勿动。疑形二：可疑于心，则疑而为之谋，心固得其实也；可疑于目，勿疑，彼敌疑我也。是故心疑以谋应，目疑以静应。彼诚欲有所为邪，不使吾得之目矣。

强 弱

知有所甚爱，知有所不足爱，可以用兵矣。故夫善将者，以其所不足爱者，养其所甚爱者。

士之不能皆锐，马之不能皆良，器械之不能皆利，固也，处之而已矣。兵之有上、中、下也，是兵之

有三权也。孙膑有言曰："以君下驷与彼上驷，取君上驷与彼中驷，取君中驷与彼下驷。"此兵说也，非马说也。下之不足以与其上也，吾既知之矣，吾既弃之矣。中之不足以与吾上，下之不足以与吾中，吾不既再胜矣乎？得之多于弃也，吾斯从之矣。彼其上之不得其中、下之援也，乃能独完耶？故曰：兵之有上、中、下也，是兵之有三权也。三权也者，以一致三者也。

管仲曰："攻坚则瑕者，坚；攻瑕则坚者，瑕。"呜呼！不从其瑕而攻之，天下皆强敌也。汉高帝之忧在项籍耳，虽然，亲以其兵而与之角者，盖无几也。随何取九江，韩信取魏、取代、取赵、取齐，然后高帝起而取项籍。夫不汲汲于其忧之所在，而彷徨乎其不足恤之地，彼盖所以孤项氏也。秦之忧在六国，蜀最僻，最小，最先取；楚最强，最后取，非其忧在蜀也。诸葛孔明一出其兵，乃与魏氏角，其亡宜也。取天下，取一国，取一阵，皆如是也。

范蠡曰："凡阵之道，设右以为牝，益左以为牡。"春秋时楚伐隋，季梁曰："楚人上左，君必左，无与王遇。且攻其右，右无良焉，必败。偏败，众乃携。"盖一阵之间，必有牝牡左右，要当以吾强攻其弱耳。唐太宗曰:“吾自兴兵,习观行阵形势。每战,视敌强其左,吾亦强吾左;弱其右,吾亦弱吾右。使弱常遇强,强常遇弱。敌犯吾弱,追奔不过数十百步,吾击敌弱,常突出自背反攻之,以是必胜。”后之庸将,既不能处其强弱以败,而又曰:吾兵有老弱杂其间，非举军精锐，以故不能胜。不知老弱之兵，兵家固亦不可无。无之，是无以耗敌之强兵而全吾之锐锋，败可俟矣。

故智者轻弃吾弱，而使敌轻用其强，忘其小丧，而志于大得，夫固要其终而已矣。

攻　守

古之善攻者，不尽兵以攻坚城；善守者，不尽兵以守敌冲。夫尽兵以攻坚城，则钝兵、费粮而缓于成功；尽兵以守敌冲，则兵不分，而彼间行袭我无备。故攻敌所不守，守敌所不攻。

攻者有三道焉，守者有三道焉。三道：一曰正，二曰奇，三曰伏。坦坦之路，车毂击，人肩摩，出亦此，入亦此，我所必攻，彼所必守者，曰正道。大兵攻其南，锐兵出其北；大兵攻其东，锐兵出其西者，曰奇道。大山峻谷，中盘绝径，潜师其间，不鸣金，不挝鼓，突出乎平川以冲敌人腹心者，曰伏道。故兵出于正道，胜败未可知也；出于奇道，十出而五胜矣；出于伏道，十出而十胜矣。何则？正道之城，坚城也；正道之兵，精兵也。奇道之城，不必坚也；奇道之兵，不必精也。伏道则无城也，无兵也。攻正道而不知奇道与伏道焉者，其将木偶人是也。守正道而不知奇道与伏道焉者，其将亦木偶人是也。

今夫盗之于人，抉门斩关而入者有焉，他户之不扃键而入者有焉，乘坏垣坎墙趾而入者有焉。抉门斩关而主人不之察，几希矣；他户之不扃键而主人不之察，大半矣；乘坏垣坎墙趾而主人不之察，皆是矣。为主人者宜无曰门之固，而他户墙隙之不恤焉。夫正道之兵，抉门之盗也；奇道之兵，他户之盗也；伏道之兵，乘垣之盗也。

所谓正道者，若秦之函谷，吴之长江，蜀之剑阁是也。昔者六国尝攻函谷矣，而秦将败之；曹操尝攻长江矣，而周瑜走之；钟会尝攻剑阁矣，而姜维拒之。何则？其为之守备者素也。刘濞反，攻大梁，田禄伯请以五万人别循江淮，收淮南、长沙以与濞会武关。岑彭攻公孙述，自江州溯都江，破侯丹兵，径拔武阳，绕出延岑军后，疾以精骑赴广都，距成都不数十里。李愬攻蔡，蔡悉精卒以抗李光颜而不备愬，愬自文成破张柴，疾驰二百里，夜半到蔡，黎明擒元济。此用奇道也。汉武攻南越，唐蒙请发夜郎兵，浮船牂牁江，道番禺城下，以出越人不意。邓艾攻蜀，自阴平由景谷攀木缘磴，鱼贯而进，至江油而降马邈，至绵竹而斩诸葛瞻，遂降刘禅。田令孜守潼关，关之左有谷曰禁而不知之备，林言、尚让入之，夹攻关而关兵溃。此用伏道也。

吾观古之善用兵者，一阵之间，尚犹有正兵、奇兵、伏兵三者以取胜，况守一国、攻一国，而社稷

之安危系焉者，其可以不知此三道而欲使之将耶？

用　间

孙武既言五间，则又有曰：“商之兴也，伊挚在夏；周之兴也，吕牙在商。故明君贤将，能以上智为间者，必成大功。此兵之要，三军所恃而动也。”

按《书》：伊尹适夏，丑夏归亳。

《史》：太公尝事纣，去之归周。所谓在夏在商诚矣，然以为间，何也？汤、文王固使人间夏、商邪？伊、吕固与人为间耶？桀、纣固待间而后可伐耶？是虽甚庸，亦知不然矣。

然则，武意天下存亡寄于一人。伊尹之在夏也，汤必曰：桀虽暴，一旦用伊尹，则民心复安，吾何病焉。及其归亳也，汤必曰：桀得伊尹不能用，必亡矣，吾不可以安视民病。遂与天下共亡之。吕牙之在商也，文王必曰：纣虽虐，一旦用吕牙，则天禄必复，吾何忧焉。及其归周也，文王必曰：纣得吕牙不能用，必亡矣，吾不可以久遏天命。遂命武王与天下共亡之。然则夏、商之存亡，待伊、吕用否而决。

今夫问将之贤者，必曰：能逆知敌国之胜败。问其所以知之之道，必曰：不爱千金，故能使人为之出万死以间敌国。或曰：能因敌国之使而探其阴计。呜呼！其亦劳矣。伊、吕一归而夏、商之国为决亡。使汤、武无用间之名与用间之劳，而得用间之实，此非上智，其谁能之？

夫兵虽诡道，而本于正者，终亦必胜。今五间之用，其归于诈，成则为利，败则为祸。且与人为诈，人亦将且诈我。故能以间胜者，亦或以间败。吾闻不忠，反为敌用，一败也；不得敌之实，而得敌之所伪示者以为信，二败也；受吾财而不能得敌之阴计，惧而以伪告我，三败也。夫用心于正，一振而群纲举；用心于诈，百补而千穴败。智于此，不足恃也。

故五间者，非明君贤将之所上。明君贤将之所上者，上智之间也。是以淮阴、曲逆，义不事楚，而高祖擒籍之计定；左车、周叔不用于赵、魏，而淮阴进兵之谋决。呜呼！是亦间也。

六国

六国破灭，非兵不利，战不善，弊在赂秦。赂秦而力亏，破灭之道也。

或曰：六国互丧，率赂秦耶？曰：不赂者以赂者丧。盖失强援，不能独完，故曰：弊在赂秦也。

秦以攻取之外，

小则获邑，大则得城。较秦之所得，与战胜而得者其实百倍；诸侯之所亡，与战败而亡者，其实亦百倍。则秦之所大欲，诸侯之所大患，固不在战矣。思厥先祖父暴霜露、斩荆棘以有尺寸之地。子孙视之不甚惜，举以予人，如弃草芥，今日割五城，明日割十城，然后得一夕安寝。起视四境，而秦兵又至矣。然则诸侯之地有限，暴秦之欲无厌，奉之弥繁，侵之愈急，故不战而强弱胜负已判矣。至于颠覆，理固宜然。古人云："以地事秦，犹抱薪救火，薪不尽，火不灭。"此言得之。

齐人未尝赂秦，

终继五国迁灭，何哉？与嬴而不助五国也。五国既丧，齐亦不免矣。燕、赵之君，始有远略，能守其土，义不赂秦。是故燕虽小国而后亡，斯用兵之效也。至丹以荆卿为计，始速祸焉。赵尝五战于秦，二败而三胜。后秦击赵者再，李牧连却之。洎牧以谗诛，邯郸为郡，惜其用武而不终也。且燕、赵处秦革灭殆尽之际，可谓智力孤危，战败而亡，诚不得已。向使三国各爱其地，齐人勿附于秦，刺客不行，良将犹在，则胜负之数，存亡之理，当与秦相较，或未易量。

呜呼！以赂秦之地封天下之谋臣，

以事秦之心礼天下之奇才，并力西向，则吾恐秦人食之不得下咽也。悲夫，有如此之势，而为秦人积威之所劫，日削月割，以趋于亡。为国者无使为积威之所劫哉！

夫六国与秦皆诸侯，其势弱于秦，而犹有可以不赂而胜之之势。苟以天下之大，下而从六国破亡之故事，是又在六国下矣。

高 祖

汉高祖挟数用术，以制一时之利害，不如陈平；揣摩天下之势，举指摇目以劫制项羽，不如张良。微此二人，则天下不归汉，而高帝乃木强之人而止耳。然天下已定，后世子孙之计，陈平、张良智之所不及，则高帝常先为之规画处置，以中后世之所为，晓然如目见其事而为之者。盖高帝之智，明于大而暗于小，至于此而后见也。

帝尝语吕后曰："周勃厚重少文，然安刘氏必勃也。可令为太尉。"方是时，刘氏既安矣，勃又将谁安邪？故吾之意曰：高帝之以太尉属勃也，知有吕氏之祸也。

虽然，其不去吕后，何也？势不可也。昔者武王没，成王幼，而三监叛。帝意百岁后，将相大臣及诸侯王有武庚禄父者，而无有以制之也。独计以为家有主母，而豪奴悍婢不敢与弱子抗。吕后佐帝定天下，为大臣素所畏服，独此可以镇压其邪心，以待嗣子之壮。故不去吕后者，为惠帝计也。

吕后既不可去，故削其党以损其权，使虽有变而天下不摇。是故以樊哙之功，一旦遂欲斩之而无疑。呜呼！彼岂独于哙不仁耶！且哙与帝偕起，拔城陷阵，功不为少矣。方亚父嗾项庄时，微哙谯让羽，则汉之为汉，未可知也。一旦人有恶哙欲灭戚氏者，时哙出伐燕，立命平、勃即斩之。夫哙之罪未形也，恶之者诚伪未必也，且高帝之不以一女子斩天下之功臣，亦明矣。彼其娶于吕氏，吕氏之族若产、禄辈皆庸才不足恤，独哙豪健，诸将所不能制，后世之患，无大于此矣。夫高帝之视吕后也，犹医者之视堇也，使其毒可以治病，而无至于杀人而已矣。樊哙死，则吕氏之毒将不至于杀人，高帝以为是足以死而无忧矣。彼平、勃者，遗其忧者也。哙之死于惠之六年也，天也。使其尚在，则吕禄不可绐，太尉不得入北军矣。

或谓哙于帝最亲，使之尚在，未必与产、禄叛。夫韩信、黥布、卢绾皆南面称孤，而绾又最为亲幸，然及高祖之未崩也，皆相继以逆诛。谁谓百岁之后，椎埋屠狗之人，见其亲戚乘势为帝王而

不欣然从之邪？吾故曰：彼平、勃者，遗其忧者也。

衡论引

事有可以尽告人者，有可告人以其端而不可尽者。尽以告人，其难在告；告人以其端，其难在用。今夫衡之有刻也，于此为铢，于此为石，求之而不得，曰是非善衡焉，可也，曰权罪者，非也。始吾作

《权书》，以为其用可以至于无穷，而亦可以至于无用，于是又作《衡论》十篇。呜呼！从吾说而不见其成，乃今可以罪我焉耳。

远虑

圣人之道，有经，有权，有机；是以有民，有群臣，而又有腹心之臣。曰经者，天下之民举知之可也；曰权者，民不得而知矣，群臣知之可也；曰机者，虽群臣亦不得而知矣，腹心之臣知之可也。夫

使圣人而无权，则无以成天下之务；无机，则无以济万世之功。然皆非天下之民所宜知。而机者，又群臣所不得闻。群臣不得闻，谁与议？不议不济。然则所谓腹心之臣者，不可一日无也。

后世见三代取天下以仁义，而守之以礼乐也，则曰：圣人无机。夫取天下与守天下，无机不能。顾三代圣人之机，不若后世之诈，故后世不得见耳。

有机也，是以有腹心之臣。禹有益，汤有伊尹，武王有太公望。是三臣者，闻天下之所不闻，知群臣之所不知。禹与汤、武倡其机于上，而三臣共和之于下，

以成万世之功。下而至于桓、文，有管仲、狐偃为之谋主；阖庐有伍员；勾践有范蠡、大夫种。高祖之起也，大将任韩信、黥布、彭越，裨将任曹参、樊哙、滕公、灌婴，游说诸侯任郦生、陆贾、枞公，至于奇机密谋，群臣所不与者，惟留侯、酂侯二人。唐太宗之臣多奇才，而委之深、任之密者，亦不过曰房、杜。

夫君子为善之心与小人为恶之心，一也。君子有机以成其善，小人有机以成其恶。有机也，虽恶亦或济；无机也，虽善亦不克。是故腹心之臣不可以一日无也。司马氏，魏之贼也，有贾充之徒为之腹心之臣以济；陈胜、吴广，秦民之汤、武也，无腹心之臣以不克。何则？无腹心之臣者，无机也，有机而泄也。夫无机与有机而泄者，譬如虎豹食人而不知设陷阱，设陷阱而不知以物覆其上者也。

或曰：机者，创业之君所假以济耳；守成之世，其奚事机而安用夫腹心之臣？呜呼！守成之世，能遂熙然如太古之世矣乎？未也。吾未见机之可去也。且夫天下之变，常伏于燕安，田文所谓“主少国危，大臣未附”，如此等事，何世无之。当是之时，而无腹心之臣，可为寒心哉！昔者，高祖之末，天下既定矣，而又以周勃遗孝惠、孝文。武帝之末，天下既治矣，而又以霍光遗孝昭、孝宣。盖天下虽有泰山之势，而圣人常以累卵为心，故虽守成之世，而腹心之臣不可去也。

《传》曰：“百官总己以听于冢宰。”彼冢宰者，非腹心之臣，天子安能举天下之事委之三年，而不置疑于其间邪？又曰：“五载一巡狩。”彼无腹心之臣，五载一出，捐千里之畿，而谁与守邪？今夫一家之中，必有宗老；一介之士，必有密友：以开心胸，以济缓急。奈何天子而无腹心之臣乎？

近世之君抗然于上，而使宰相眇然于下。上下不接，而其志不通矣。臣视君如天之辽然而不可亲，而君亦如天之视人，泊然无爱之之心也。是以社稷之忧，彼不以为忧；社稷之喜，彼不以为喜。君忧不辱，君辱不死。一人誉之则用之，一人毁之则舍之。宰相避嫌畏讥且不暇，何暇尽心以忧社稷？数迁数易，视相府如传舍。

百官泛泛于下，而天子惸惸于上，一旦有卒然之忧，吾未见其不颠沛而殒越也。

圣人之任腹心之臣也，尊之如父师，爱之如兄弟，握手入卧内，同起居寝食，知无不言，言无不尽，百人誉之不加密，百人毁之不加疏，尊其爵，厚其禄，重其权，而后可以议天下之机，虑天下之变。太祖之用赵中令也，得其道矣。近者寇莱公亦诚其人，然与之权轻，故终以见逐，而天下几有不测之变。然则其必使之可以生人杀人而后可也。

御将

人君御臣，相易而将难。将有二：有贤将，有才将。而御才将尤难。御相以礼，御将以术，御贤将之术以信，御才将之术以智。不以礼，不以信，是不为也。不以术，不以智，是不能也。故曰：御将难，而御才将尤难。

六畜，其初皆兽也。彼虎豹能搏、能噬，而马亦能蹄，牛亦能触。先王知能搏、能噬者不可以人力制，故杀之；杀之不能，驱之而后已。蹄者可驭以羁绁，触者可拘以楅衡，故先王不忍弃其才而废天下之用。如曰是能蹄，是能触，当与虎豹并杀而同驱，则是天下无骐骥，终无以服乘耶？

先王之选才也，自非大奸剧恶如虎豹之不可以变其搏噬者，未有不欲制之以术，而全其才以适于用。况为将者，又不可责以廉隅细谨，顾其才何如耳。汉之卫、霍、赵充国，唐之李靖、李勣，贤将也。汉之韩信、黥布、彭越，唐之薛万彻、侯君集、盛彦师，才将也。贤将既不多有，得才者而任之可也。苟又曰是难御，则是不肖者而后可也。结以重恩，示以赤心，美田宅，丰饮馔，歌童舞女，以极其口腹耳目之欲，而折之以威，此先王之所以御才将也。

近之论者或曰：将之所以毕智竭虑、犯霜露、蹈白刃而不辞者，冀赏耳。为国家者，不如勿先赏以邀其成功。或曰：赏所以使人，不先赏，人不为我用。是皆一隅之说，非通论也。将之才固有小大：杰然于庸将之中者，才小者也；杰然于才将之中者，才大者也。

才小志亦小，才大志亦大，人君当观其才之大小，而为之制御之术以称其志。一隅之说，不可用也。

夫养骐骥者，丰其刍粒，洁其羁络，居之新闲，浴之清泉，而后责之千里。彼骐骥者，其志常在千里也，夫岂以一饱而废其志哉。至于养鹰则不然，获一雉，饲以一雀；获一兔，饲以一鼠。彼知不尽力于击搏，则其势无所得食，故然后为我用。才大者，骐骥也，不先赏之，是养骐骥者饥之而责其千里，不可得也。才小者，鹰也，先赏之，是养鹰者饱之而求其击搏，亦不可得也。是故先赏之说，可施之才大者；不先赏之说，可施之才小者。兼而用之，可也。

昔者，汉高祖一见韩信而授以上将，解衣衣之，推食哺之；一见黥布而以为淮南王，供具饮食如王者；一见彭越而以为相国。当是时，三人者未有功于汉也。厥后追项籍垓下，与信约期而不至，捐数千里之地以畀之，如弃敝屣。项氏未灭，天下未定，而三人者已极富贵矣。何则？高帝知三人者之志大，不极于富贵，则不为我用。虽极于富贵而不灭项氏，不定天下，则其志不已也。至于樊哙、滕公、灌婴之徒则不然，拔一城、陷一阵，而后增数级之爵，否则，终岁不迁也。项氏已灭，天下已定，樊哙、滕公、灌婴之徒，计百战之功，而后爵之通侯。夫岂高帝至此而啬哉？知其才小而志小，虽不先赏，不怨，而先赏之，则彼将泰然自满，而不复以立功为事故也。

噫！方韩信之立于齐，蒯通、武涉之

说未去也。当此之时而夺之王，汉其殆哉。夫人岂不欲三分天下而自立者？而彼则曰：“汉王不夺我齐也。”故齐不捐，则韩信不怀；韩信不怀，则天下非汉之有。呜呼！高帝可谓知大计矣。

任　相

古之善观人之国者，观其相何如人而已。议者常曰：将与相均。将特一大有司耳，非相侔也。国有征伐，而后将权重；有征伐无征伐，相皆不可一日轻。相贤邪，则群有司皆贤，而将亦贤矣；将贤邪，相虽不贤，将不可易也。故曰：将特一大有司耳，非相侔也。

任相之道与任将不同。为将者大概多才而或顽顿无耻，非皆节廉好礼不可犯者也。故不必优以礼貌，而其有不羁不法之事，则亦不可以常法御。何则？豪纵不趋约束者，亦将之常态也。武帝视大将军，往往踞厕；而李广利破大宛，侵杀士卒之罪，则寝而不问，此任将之道也。若夫相，必节廉好礼者为也，又非豪纵不趋约束者为也，故接之以礼而重责之。

古者相见于天

子，天子为之离席起立；在道，为之下舆；有病，亲问；不幸而死，亲吊：待之如此其厚。然其有罪，亦不私也。天地大变，天下大过，而相以不起闻矣；相不胜任，策书至而布衣出府免矣；相有他失，而栈车牝马归以思过矣。夫接之以礼，然后可以重其责而使无怨言。责之重，然后接之以礼而不为过。礼薄而责重，彼将曰：主上遇我以何礼，而重我以此责也，甚矣。责轻而礼重，彼将遂弛然不肯自饬。故礼以维其心，而重责以勉其怠，而后为相者，莫不尽忠于朝廷而不恤其私。

吾观贾谊书，至所谓“长太息”者，常反复读不能已。以为谊生文帝时，文帝遇将相大臣不为无礼，独周勃一下狱，谊遂发此。使谊生于近世，见其所以遇宰相者，则当复何如也？

夫汤、武之德，

三尺竖子皆知其为圣人，而犹有伊尹、太公者为师友焉。伊尹、太公非贤于汤、武也，而二圣人者，特不顾以师友之，以明有尊也。噫！近世之君姑勿责于此，天子御坐，见宰相而起者有之乎？无矣。在舆，而下者有之乎？亦无矣。天子坐殿上，宰相与百官趋走于下，掌仪之官名而呼之，若郡守召胥吏耳。虽臣子为此亦不为过，而尊尊贵贵之道，不若是亵也。

夫既不能接之以礼，则其罪之也，吾法将亦不得用。何者？不果于用礼而果于用刑，则其心不服。故法曰：有某罪而加之以某刑。及其免相也，既曰有某罪，而刑不加焉，不过削之以官而出之大藩镇，此其弊皆始于不为之礼。贾谊曰：“中罪而自弛，大罪而自裁。”夫人不我诛，而安忍弃其身，此必有大愧于其君。故人君者，必有以愧其臣，故其臣有所不为。武帝尝以不冠见平津侯，故当天下多事，朝廷忧惧之际，使石庆得容于其间而无怪焉。然则必其待之如礼，而后可以责之如法也。

且吾闻之，待以礼，而彼不自效以报其上；重其责，而彼不自勉以全其身，安其禄位，成其功名者，天下无有也。彼人主傲然于上，不礼宰相以自尊大者，孰若使宰相自效以报其上之为利？宰相利其君之不责而丰其私者，孰若自勉以全其身，安其禄位，成其功名之为福？吾又未见去利而就害、远福而求祸者也。

养　才

夫人之所为，有可勉强者，有不可勉强者。煦煦然而为仁，孑孑然而为义，不食片言以为信，不见小利以为廉，虽古之所谓仁与义、与信、与廉者，不止若是，而天下之人亦不曰是非仁人，是非义人，是非信人，是非廉人，此则无诸己而可勉强以到者也。在朝廷而百官肃，在边鄙而四夷惧，坐之于繁剧纷扰之中而不乱，投之于羽檄奔走之地而不惑，为吏而吏，为将而将，若是者，非天之所与，性之所有，不可勉强而能也。道与德可勉以进也，才不可强揠以进也。今有二人焉，一人善揖让，一人善骑射，则人未有不以揖让贤于骑射矣。然而揖让者，未必善骑射；而骑射者，舍其弓以揖让于其间，则未必失容。何哉？才难强而道易勉也。吾观世之用人，好以可勉强之道与德，而加之不可勉强之才之上，而曰我贵贤贱能。是以道与德未足以化人，而才有遗焉。

然而为此者，亦有由矣。有才者而不能为众人所勉强者耳。何则？奇杰之士，常好自负，疏隽傲诞，不事绳检，往往冒法律，触刑禁，叫号欢呼，以发其一时之乐而不顾其祸，嗜利酗酒，使气傲物，志气一发，则倜然远去，不可羁束以礼法。然及其一旦翻然而悟，折节而不为此，以留意于向所谓道与德可勉强者，则何病不至？奈何以朴樕小道加诸其上哉！

夫其不肯规规以事礼法，而必自纵以为此者，乃上之人之过也。古之养奇杰也，任之以权，尊之以爵，厚之以禄，重之以恩，责之以措置天下之务，而易其平居自纵之心，而声色耳目之欲又已极于外，故不待放恣而后为乐。今则不然，奇杰无尺寸之柄，位一命之爵，食斗升之禄者过半，彼又安得不越法、逾礼而自快邪？我又安可急之以法，使不得泰然自纵邪？今我绳之以法，亦已急矣。急之而不已，而随之以刑，则彼有北走胡，南走越耳。

噫！无事之时既不能养，及其不幸，一旦有边境之患，繁乱难治之事，而后优诏以召之，丰爵重禄以结之，则彼已憾矣。夫彼固非纯忠者也，又安肯默然于穷困无用之地而已邪？

周公之时，天下号为至治，四夷已臣服，卿大夫士已称职。当是时，虽有奇杰无所复用，而其礼法风俗尤复细密，举朝廷与四海之人无不遵蹈，而其八议之中犹有曰议能者。况当今天下未甚至治，四夷未尽臣服，卿大夫士未皆称职，礼法风俗又非细密如周之盛时，而奇杰之士复有困于簿书米盐间者，则反可不议其能而恕之乎？所宜哀其才而贳其过，无使为刀笔吏所困，则庶乎尽其才矣。

或曰：奇杰之士有过得以免，则天下之人孰不自谓奇杰而欲免其过者，是终亦溃法乱教耳。曰：是则然矣。然而奇杰之所为，必挺然出于众人之上，苟指其已成之功以晓天下，俾得以赎其过；而其未有功者，则委之以难治之事，而责其成绩，则天下之人不敢自谓奇杰，而真奇杰者出矣。

广士

古之取士，取于盗贼，取于夷狄；古之人非以盗贼、夷狄之事可为也，以贤之所在而已矣。夫贤之所在，贵而贵取焉，贱而贱取焉。是以盗贼下人，夷狄异类，虽奴隶之所耻，而往往登之朝廷，坐之

郡国，而不以为怍。而绳趋尺步，华言华服者，往往反摈弃不用。何则？天下之能绳趋而尺步，华言而华服者众也，朝廷之政，郡国之事，非特如此而可治也。彼虽不能绳趋而尺步，华言而华服，然而其才果可用于此，则居此位可也。

古者，天下之国

大而多士大夫者，不过曰齐与秦也。而管夷吾相齐，贤也，而举二盗焉；穆公霸秦，贤也，而举由余焉。是其能果于是非而不牵于众人之议也，未闻有以用盗贼、夷狄而鄙之者也。今有人非盗贼、非夷狄，而犹不获用，吾不知其何故也。

夫古之用人，无择于势，布衣寒士而贤则用之，公卿之子弟而贤则用之，武夫健卒而贤则用之，巫医方技而贤则用之，胥史贱吏而贤则用之。今也，布衣寒士持方尺之纸，书声病剽窃之文，而至享万钟之禄；卿大夫之子弟饱食于家，一出而驱高车，驾大马，以为民上；武夫健卒有洒扫之力，奔走之旧，久乃领藩郡，执兵柄；巫医方技一言之中，大臣且举以为吏。若此者，皆非贤也，皆非功也，是今之所以进之之途多于古也。而胥史贱吏，独弃而不录，使老死于敲掊趋走，而贤与功者不获一施，吾甚惑也。不知胥吏之贤，优而养之，则儒生武士或所不若。

昔者汉有天下，平津侯、乐安侯辈皆号为儒宗，而卒不能为汉立不世大功。而其卓绝隽伟、震耀四海者，乃其贤人之出于吏胥中者耳。夫赵广汉，河间之郡吏也；尹翁归，河东之狱吏也；张敞，太守之卒史也；王尊，涿郡之书佐也：是皆雄隽明博，出之可以为将，而内之可以为相者也，而皆出于吏胥中者，有以也。夫吏胥之人，少而习法律，长而习狱讼，老奸大豪，畏惮慑伏，吏之情状、变化、出入无不谙究，因而官之，则豪民猾吏之弊，表里毫末毕见于外，无所逃遁。而又上之人择之以才，遇之以礼，而其志复自知得自奋于公卿，故终不肯自弃于恶以贾罪戾，而败其终身之利。故当此时，士君子皆优为之，而其间自纵于大恶者，大约亦不过几人，而其尤贤者，乃至成功如是。

今之吏胥则不

然，始而入之不择也，终而遇之以犬彘也。长吏一怒，不问罪否，袒而笞之；喜而接之，乃反与交手为市。其人常曰：长吏待我以犬彘，我何望而不为犬彘哉？是以平民不能自弃为犬彘之行，不肯为吏矣，况士君子而肯俛首为之乎！然欲使之谨饰可用如两汉，亦不过择之以才，待之以礼，恕其小过，而弃绝其大恶之不可贯忍者，而后察其贤有功而爵之、禄之、贵之，勿弃之于冗流之间。则彼有冀于功名，自尊其身，不敢匄夺，而奇才绝智出矣。

夫人固有才智奇绝而不能为章句名数声律之学者，又有不幸而不为者。苟一之以进士、制策，是使奇才绝智有时而穷也。使吏胥之人，得出为长吏，是使一介之才无所逃也。进士、制策网之于上，此又网之于下，而曰天下有遗才者，吾不信也。

彭州圆觉禅院记

人之居乎此也，其必有乐乎此也。居斯乐，不乐，不居也。居而不乐，不乐而不去，为自欺，且为欺天。盖君子耻食其食而无其功，耻服其服而不知其事，故居而不乐，吾有吐食、脱服，以逃天下之讥而已耳。天之畀我以形，而使我以心驭也。今日欲适秦，明日欲适越，天下谁我御？故居而不乐，不乐而不去，是其心且不能驭其形，而况能以驭他人哉？

自唐以来，天下士大夫争以排释老为言，故其徒之欲求知于吾士大夫之间者，往往自叛其师以求其容于吾。而吾士大夫亦喜其来，而接之以礼。灵师、文畅之徒，饮酒食肉以自绝于其教。呜呼！归尔父子，复尔室家，而后吾许尔以叛尔师。父子之不归，室家之不复，而师之叛，是不可以一日立于天下。《传》曰："人臣无外交。"故季布之忠于楚也，虽不如萧、韩之先觉，而比丁公之贰则为愈。

予在京师，彭州僧保聪来求识予甚勤。及至蜀，闻其自京师归，布衣蔬食以为其徒先，凡若干年，而所居圆觉院大治。一日为予道其先师平润事，与其院之所以得名者，请予为记。予佳聪之不以叛其师悦予也，故为之记曰：

彭州龙兴寺僧平润讲《圆觉经》有奇，因以名院。院始弊不葺，润之来，始得隙地以作堂宇。凡更二僧，而至于保聪，聪又合其邻之僧屋若干于其院以成。是为记。

张益州画像记

至和元年秋，蜀人传言，有寇至。边军夜呼，野无居人。妖言流闻，京师震惊。方命择帅，天子曰：“毋养乱，毋助变。众言朋兴，朕志自定。外乱不作，变且中起。不可以文令，又不可以武竞。惟朕一二大吏，孰为能处兹文武之间，其命往抚朕师？”乃推曰：“张公方平其人。”天子曰：“然。”公以亲辞，不可，遂行。冬十一月至蜀。至之日，归屯军，撤守备，使谓郡县：“寇来在吾，无尔劳苦。”明年正月朔旦，蜀人相庆如他日，遂以无事。

又明年正月，相告留公像于净众寺，公不能禁。眉阳苏洵言于众曰：“未乱，易治也；既乱，易治也；有乱之萌，无乱之形，是谓将乱。将乱难治，不可以有乱急，亦不可以无乱弛。是惟元年之秋，如器之攲，未坠于地。惟尔张公，安坐于其旁，颜色不变，徐起而正之。既正，油然而退，无矜容，为天子牧小民不倦。惟尔张公，尔繄以生，惟尔父母。且公尝为我言：‘民无常性，惟上所待。人皆曰蜀人多变，于是待之以待盗贼之意，而绳之以绳盗贼之法，重足屏息之民，而以砧斧令。于是民始忍以其父母妻子之所仰赖之身，而弃之于盗贼，故每每大乱。夫约之以礼，驱之以法，惟蜀人为易。至于急之而生变，虽齐、鲁亦然。吾以齐、鲁待蜀人，而蜀人亦自以齐、鲁之人待其身。若夫肆意于法律之外，以威劫齐民，吾不忍为也。’呜呼！爱蜀人之深，待蜀人之厚，自公而前，吾未始见也。”皆再拜稽首曰：“然。”苏洵又曰：“公之恩在尔心，尔死，在尔子孙；其功业在史官；无以像为也。且公意不欲，如何？”

皆曰："公则何事于斯？虽然，于我心有不释焉。今夫平居闻一善，必问其人之姓名与乡里之所在，以至于其长短大小美恶之状，甚者或诘其平生所嗜好，以想见其为人，而史官亦书之于其传。意使天下之人，思之于心，则存之于目。存之于目，故其思之于心也固。由此观之，像亦不为无助。”苏洵无以诘，遂为之记。

公，南京人，为人慷慨有大节，以度量雄天下。天下有大事，公可属。系之以诗曰：

天子在祚，
岁在甲午。
西人传言，

有寇在垣。
庭有武臣，
谋夫如云。
天子曰嘻，
命我张公。
公来自东，
旗纛舒舒。
西人聚观，
于巷于途。
谓公暨暨，
公来于于。
公谓西人：

安尔室家，
无敢或讹，
讹言不祥。
往即尔常，
春尔条桑，
秋尔涤场。
西人稽首：
公我父兄。
公在西囿，
草木骈骈。
公宴其僚，
伐鼓渊渊。

西人来观，
祝公万年。
有女娟娟，
闺闼闲闲。
有童哇哇，
亦既能言。
昔公未来，
期汝弃捐。
禾麻芃芃，
仓庾崇崇。
嗟我妇子，
乐此岁丰。

公在朝廷，
天子股肱。
天子曰归，
公敢不承？
作堂严严，
有庑有庭。
公像在中，
朝服冠缨。
西人相告，
无敢逸荒。
公归京师，
公像在堂。

木假山记

木之生，或蘖而殇，或拱而夭。幸而至于任为栋梁则伐；不幸而为风之所拔，水之所漂，或破折，或腐；幸而得不破折，不腐，则为人之所材，而有斧斤之患。其最幸者，漂沉汩没于湍沙之间，不知其几百年，而其激射啮食之余，或仿佛于山者，则为好事者取去，强之以为山，然后可以脱泥沙而远斧斤。而荒江之渍，如此者几何！不为好事者所见，而为樵夫野人所薪者，何可胜数！则其最幸者之中，又有不幸者焉！

予家有三峰，予

每思之，则疑其有数存乎其间。且其蘖而不殇，拱而不夭，任为栋梁而不伐，风拔水漂而不破折，不腐；不破折，不腐，而不为人所材，以及于斧斤；出于湍沙之间，而不为樵夫野人之所薪，而后得至乎此，则其理似不偶然也。

然予之爱之，则

非徒爱其似山，而又有所感焉；非徒爱之，而又有所敬焉。予见中峰魁岸踞肆，意气端重，若有以服其旁之二峰。二峰者庄栗刻峭，凛乎不可犯，虽其势服于中峰，而岌然决无阿附意。吁！其可敬也夫！其可以有所感也夫！

苏氏族谱亭记

匹夫而化乡人者，吾闻其语矣。国有君，邑有大夫，而争讼者诉于其门；乡有庠，里有学，而学道者赴于其家。乡人有为不善于室者，父兄辄相与恐曰：“吾夫子无乃闻之！”呜呼！彼独何修而得此哉？意者其积之有本末，而施之有次第耶？

今吾族人犹有服者不过百人，而岁时蜡社，不能相与尽其欢欣爱洽，稍远者至不相往来，是无以示吾乡党邻里也。乃作《苏氏族谱》，立亭于高祖墓茔之西南而刻石焉。既而告之曰：“凡在此者，死必赴，冠、娶妻必告，少而孤则老者字之，贫而无归则富者收之。而不然者，族人之所共诮让也。”

岁正月，相与拜奠于墓下，既奠，列坐于亭。其老者顾少者而叹曰：“是不及见吾乡邻风俗之美矣。自吾少时，见有为不义者，则众相与疾之，如见怪物焉，栗焉而不宁。其后少衰也，犹相与笑之。今也，则相与安之耳。是起于某人也。夫某人者，是乡之望人也，而大乱吾俗焉。是故其诱人也速，其为害也深。自斯人之逐其兄之遗孤子而不恤也，而骨肉之恩薄；自斯人之多取其先人之赀田而欺其诸孤子也，而孝弟之行缺；自斯人之为其诸孤子之所讼也，而礼义之节废；自斯人之以妾加其妻也，而嫡庶之别混；自斯人之笃于声色，而父子杂处，谨哗不严也，而闺门之政乱；自斯人之渎财无厌，惟富者之为贤也，而廉耻之路塞。此六行者，吾往时所谓大惭而不容者也。今无知之人皆曰：‘某人何人也，犹且为之。’其舆马赫奕、婢妾靓丽，足以荡惑里巷之小人；其官爵货力，足以摇动府县；其矫诈修饰言语，足以欺罔君子：是州里之大盗也。吾不敢以告乡人，而私以戒族人焉：仿佛于斯人之一节者，愿无过吾门也。”

予闻之惧而请书焉。老人曰："书其事而阙其姓名，使他人观之，则不知其为谁，而夫人之观之，则面热内惭，汗出而食不下也。且无彰之，庶其有悔乎？"予曰："然。"乃记之。

名二子说

轮、辐、盖、轸，皆有职乎车，而轼，独若无所为者。虽然，去轼，则吾未见其为完车也。轼乎，吾惧汝之不外饰也。

天下之车莫不由辙，而言车之功者，辙不与焉。虽然，车仆马毙，而患亦不及辙。是辙者，善处乎祸福之间也。辙乎，吾知免矣。

仲兄字文甫说

洵读《易》至《涣》之六四曰："涣其群，元吉。"曰：嗟夫，群者，圣人所欲涣以混一天下者也。盖余仲兄名涣，而字公群，则是以圣人之所欲解散涤荡者以自命也，而可乎？他日以告，兄曰：子可无为我易之？洵曰：唯。既而曰：请以文甫易之，如何？

且兄尝见夫水之与风乎？油然而行，渊然而留，渟洄汪洋，满而上浮者，是水也，而风实起之。蓬蓬然而发乎大空，不终日而行乎四方，荡乎其无形，飘乎其远来，既往而不知其迹之所存者，是风也，而水实形之。今夫风水之相遭乎大泽之陂也，纡余委蛇，蜿蜒沦涟，安而相推，怒而相凌，舒而如云，蹙而如鳞，疾而如驰，徐而如徊，揖让旋辟，相顾而不前，其繁如縠，其乱如雾，纷纭郁扰，百里若一。汩乎顺流，至乎沧海之滨，滂薄汹涌，号怒相轧，交横绸缪，放乎空虚，掉乎无垠，横流逆折，渍旋倾侧，宛转胶戾，回者如轮，萦者如带，直者如燧，奔者如焰，跳者如鹭，投者如鲤，殊状异态，而风水之极观备矣！故曰：“风行水上涣。”此亦天下之至文也。

然而此二物者，岂有求乎文哉？无意乎相求，不期而相遭，而文生焉。是其为文也，非水之文也，非风之文也。二物者非能为文，而不能不为文也。物之相使，而文出于其间也，故曰：此天下之至文也。今夫玉非不温然美矣，而不得以为文；刻镂组绣，非不文矣，而不可与论乎自然。故夫天下之无营而文生之者，唯水与风而已。

昔者君子之处于世，不求有功，不得已而功成，则天下以为贤；不求有言，不得已而言出，则天下以为口实。呜呼！此不可与他人道之，唯吾兄可也。

送石昌言为北使引

昌言举进士时，吾始数岁，未学也。忆与群儿戏先府君侧，昌言从旁取枣栗啖我，家居相近，又以亲戚故，甚狎。昌言举进士，日有名。吾后渐长，亦稍知读书，学句读、属对、声律，未成而废。昌言闻吾废学，虽不言，察其意甚恨。后十余年，昌言及第第四人，守官四方，不相闻。吾以壮大，乃能感悔，摧折复学。又数年，游京师，见昌言长安，相与劳苦如平生欢，出文十数首，昌言甚喜称善。吾晚学无师，虽日为文，中甚自惭，及闻昌言说，乃颇自喜。

今十余年，又来京师，而昌言官两制，乃为天子出使万里外强悍不屈之虏，建大旆，从骑数百，送车千乘，出都门，意气慨然。自思为儿时，见昌言先府君旁，安知其至此！

富贵不足怪，吾于昌言独有感也。丈夫生不为将，得为使折冲口舌之间，足矣。往年彭任从富公使还，为我言，既出境，宿驿亭，闻介马数万骑驰过，剑槊相摩，终夜有声，从者怛然失色。及明，视道上马迹，尚心掉不自禁。凡虏所以夸耀中国者多此类，中国之人不测也，故或至于震惧而失辞，以为夷狄笑。呜呼！何其不思之甚也！昔者奉春君使冒顿，壮士、大马皆匿不见，是以有平城之役。今之匈奴，吾知其无能为也。《孟子》曰：“说大人者，藐之。”况于夷狄！请以为赠。

族谱引

苏氏之《谱》，谱苏氏之族也。苏氏出自高阳，而蔓延于天下。唐神龙初，长史味道刺眉州，卒于官，一子留于眉，眉之有苏氏自是始。而谱不及焉者，亲尽也。亲尽则曷为不及？谱为亲作也。凡子得书而孙不得书，何也？以著代也。自吾之父以至吾之高祖，仕不仕，娶某氏，享年几，某日卒，皆书；而他不书，何也？详吾之所自出也。自吾之父以至吾之高祖，皆曰讳某，而他则遂名之，何也？尊吾之所自出也。《谱》为苏氏作，而独吾之所自出得详与尊，何也？《谱》，吾作也。

呜呼！观吾之《谱》者，孝弟之心可以油然而生矣。情见乎亲，亲见于服，服始于衰，而至于缌麻，而至于无服。无服则亲尽，亲尽则情尽，情尽则喜不庆，忧不吊；喜不庆，忧不吊，则途人也。吾之所以相视如途人者，其初兄弟也。兄弟，其初一人之身也。悲夫！一人之身分而至于途人，此吾谱之所以作也。其意曰：分而至于途人者，势也。势，吾无如之何也已。幸其未至于途人也，使之无至于忽忘焉可也。呜呼！观吾之《谱》者，孝弟之心可以油然而生矣。

系之以诗曰：

吾父之子，今为吾兄。吾疾在身，兄呻不宁。数世之后，不知何人。彼死而生，不为戚欣。兄弟之亲，如足如手，其能几何？彼不相能，彼独何心！

ISBN 978-7-5752-0555-9